瑞蘭國際

◎絕對實用的韓國旅遊會話書

玩韓國，
帶這本就夠了！

超人氣名師　金玟志　著

繽紛外語編輯小組　總策劃

跟著金老師，開心暢遊韓國

我剛嫁來台灣時，因為韓劇的關係，「韓流」已經開始在這裡發燒。但我發現懂得基本韓語或願意去學韓語的人卻很少。我想這可能是因為當時的韓劇都只有中文配音，一般人根本沒機會聽到韓語，所以也沒動機去學。以前我跟朋友用韓文聊天，常有人搞不清我們是日本還是其他地方來的。後來，台灣主要的電視台開始在黃金時段用雙語播韓劇，才讓觀眾可以聽到原音。此外，喜歡韓國偶像的台灣朋友也越來越多，因此學韓語的人也與日俱增。

住台灣快要五年了，現在偶爾拿著韓文書或講幾句韓文，就有人過來對我說韓文的「你好！」：「안녕하세요？（ㄋ.ㄋㄧㄥ.ㄏㄚ.ㄙㄟ.ㄧㄡˊ）」。看電視節目也常聽到一些簡單的韓語，比如韓語的「謝謝！」：「감사합니다（ㄎㄚㅁ.ㅿㄚ.ㄏㄚㅁ.ㄋㄧ.ㄉㄚˋ）」。印象最深刻的是2009年金曲獎典禮，主持人陶子、侯佩岑，還有納豆、阿Ken這四個人模仿韓國偶像團體Super Junior的「Sorry Sorry」。那天的表演，令身為韓國人的我覺得很開心。希望將來無論是韓劇、韓國偶像、韓國料理、韓國文化都能更受到台灣人的歡迎，而韓語也可以變成更多人想學的外語。

相信我們哈韓族的朋友，已經藉由《就是愛韓語》、《一週學好韓語四十音》認識了韓國文化，以及學好韓文基本字母和一般生活會話吧！從現在起，讓我們藉由這本《玩韓國，帶這本就夠了！》來學習旅遊會話，並了解更多有關韓國旅遊的資訊。

　　什麼？您已經讀完了？那麼接下來只剩下打包行李，前往韓國衝囉！^^

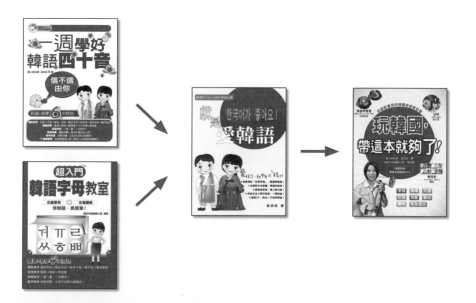

玩韓國，帶這本就夠了！

如何使用本書

場景
標示在哪個地點、哪一種狀況下會用到的句型。

基本代換句型
只要把單字套進句型裡，溝通沒問題！

跟韓國人說說看
運用基本句型，您也可以開口跟韓國人對話！

MP3序號
特聘韓籍名師錄製MP3，配合書本內容聆聽與複誦，一定能開口說出最標準又自然的韓語！

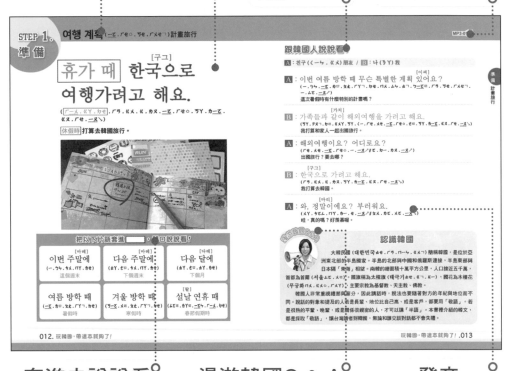

套進去說說看
出國前、旅途中，這些單字、片語超實用！把它們記起來，需要時便能運用自如！

漫遊韓國Q & A
您對韓國的了解有多少？韓國哪裡好玩？哪裡好吃？哪裡好買？到韓國要注意什麼事呢？請聽金老師的小小叮嚀！

發音
用注音符號協助發音，韓語超好學，一點也不難！即使韓語還不輪轉，緊張時也開得了口！

情境

鎖定「準備」、「機場」、「交通」、「住宿」、「用餐」、「觀光」、「購物」、「緊急情況」八大主題，涵蓋韓國旅遊所有範圍，功能最完整！讓您玩韓國，帶這本就夠了！

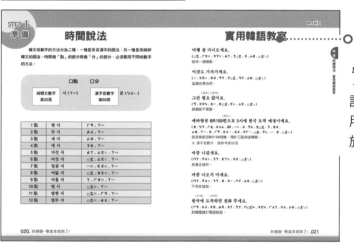

補充資訊 & 實用韓語教室

記住這些相關字彙和用語，讓您的韓國之旅更加充實難忘！

本書發音標記規則

1.〔 〕的韓語標音是按照韓語發音規則，實際上要唸出來的音。
2.有底線的注音，雖然單獨發音，但要連在一起、快速地唸出來。
3.韓語的收尾音，若能用注音符號表達，會直接採用注音標示；若無法直接使用注音符號，則會使用原本收尾音的代表音來做記號。
4.↗：語尾上揚，通常是疑問句的語調。
5.↘：語尾下墜，通常是肯定句的語調。
6.→：把最後一個音唸成較高的長音，打招呼時常用。
7.‧：唸成中文的輕聲，通常是驚嘆號的語調。

玩韓國，帶這本就夠了！

目 錄

STEP 1. 準備　　010

- 計畫旅行
- 打包行李1
- 打包行李2
- 出發前一天
- ▶時間說法 & 實用韓語教室

STEP 2. 機場　　022

- 登機手續
- 在飛機上
- 入境審查
- 領取行李
- 海關
- 換錢
- ▶在機場會看到的標誌 & 實用韓語教室

STEP 3. 交通　　038

- 購票

STEP 4. 住宿 052

STEP 5. 用餐 066

STEP 8. 緊急情況　　　152

附錄　　　164

아주 기대돼요.
（ㄚ . ㄗㄨ . ㄎㄧ . ㄉㄝ . ㄊㄨㄝ . ㄧㄡˋ）
好期待！

STEP 1.
준비
(ㄘㄨㄣ.ㄅㄧ)
準備

여행 계획(ㄧㄛ.ㄏㄝㅇ.ㄎㄝ.ㄏㄨㄝㄱ)計畫旅行

[구그]
휴가 때 한국으로 여행가려고 해요.

(ㄏㄧㄨ.ㄍㄚ.ㄉㄝ.ㄏㄢ.ㄍㄨ.ㄍ.ㄌㄡ.ㄧㄛ.ㄏㄝㅇ.ㄎㄚ.ㄌㄧㄛ.ㄍㄡ.ㄏㄝ.ㄧㄡ↘)

休假時打算去韓國旅行。

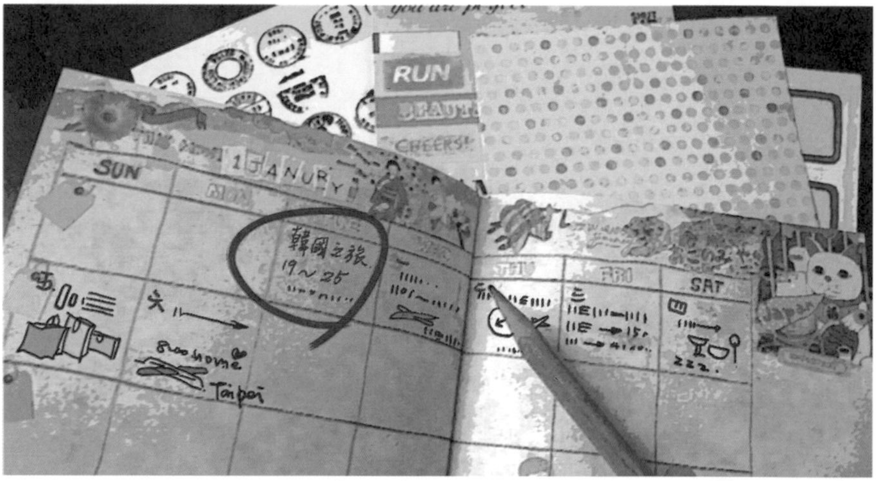

把以下片語套進 ______，開口說說看！

[마레] 이번 주말에 (ㄧ.ㄅㄣ.ㄘㄨ.ㄇㄚ.ㄌㄝ) 這個週末	[마레] 다음 주말에 (ㄊㄚ.ㄜㄇ.ㄘㄨ.ㄇㄚ.ㄌㄝ) 下個週末	[다레] 다음 달에 (ㄊㄚ.ㄜㄇ.ㄊㄚ.ㄌㄝ) 下個月
여름 방학 때 (ㄧㄛ.ㄌㄇ.ㄆㄤ.ㄏㄚㄱ.ㄉㄝ) 暑假時	겨울 방학 때 (ㄎㄧㄛ.ㄨㄹ.ㄆㄤ.ㄏㄚㄱ.ㄉㄝ) 寒假時	[랄] 설날 연휴 때 (ㄙㄛㄹ.ㄌㄚㄹ.ㄧㄛㄣ.ㄏㄧㄨ.ㄉㄝ) 春節假期時

跟韓國人說說看！

Ａ：친구（ㄑㄧㄣ．ㄍㄨ）朋友 / Ｂ：나（ㄋㄚ）我

Ａ：이번 여름 방학 때 무슨 특별한 계획 있어요? [이쎄]
（ㄧ．ㄅㄣ．ㄧㄜ．ㄌㄨ．ㄆㄤ．ㄏㄚㄍ．ㄉㄝ．ㄇㄨ．ㄙㄣ．ㄊㄍ．ㄅㄧㄜㄌ．ㄏㄢ．ㄎㄝ．ㄏㄨㄟㄍ．ㄧ．ㄙㄜ．ㄧㄡ↗）
這次暑假時有什麼特別的計畫嗎？

Ｂ：가족들과 같이 해외여행을 가려고 해요. [가치]
（ㄎㄚ．ㄗㄡㄍ．ㄉㄜㄌ．ㄍㄨㄚ．ㄍㄚ．ㄑㄧ．ㄏㄝ．ㄨㄝ．ㄧㄜ．ㄏㄝㆁ．ㄜㄌ．ㄎㄚ．ㄌㄧㄜ．ㄍㄡ．ㄏㄝ．ㄧㄡ↘）
我打算和家人一起出國旅行。

Ａ：해외여행이요? 어디로요?
（ㄏㄝ．ㄨㄝ．ㄧㄜ．ㄏㄝㆁ．ㄧ．ㄧㄡ↗∥ㄜ．ㄉㄧ．ㄌㄡ．ㄧㄡ↗）
出國旅行？要去哪？

Ｂ：한국으로 가려고 해요. [구ㄱ]
（ㄏㄢ．ㄍㄨ．ㄍ．ㄌㄡ．ㄅㄚ．ㄌㄧㄜ．ㄍㄡ．ㄏㄝ．ㄧㄡ↘）
我打算去韓國。

Ａ：와, 정말이에요? 부러워요. [마리]
（ㄨㄚ．ㄘㄜㆁ．ㄇㄚ．ㄌㄧ．ㄝ．ㄧㄡ↗∥ㄆㄨ．ㄌㄜ．ㄨㄜ．ㄧㄡ↘）
哇，真的嗎？好羨慕喔。

認識韓國

　　大韓民國（대한민국ㄊㄝ．ㄏㄢ．ㄇㄧㄣ．ㄍㄨㄍ）簡稱韓國，是位於亞洲東北部的半島國家。半島的北部與中國和俄羅斯連接，半島東部與日本隔「東海」相望。南韓的總面積十萬平方公里，人口接近五千萬，首都為首爾（서울ㄙㄜ．ㄨㄌ）。國旗稱為太極旗（태극기ㄊㄝ．ㄍㄍ．ㄍㄧ），國花為木槿花（무궁화ㄇㄨ．ㄍㄨㆁ．ㄏㄨㄚ），主要宗教為基督教、天主教、佛教。

　　韓國人非常重視禮節與輩分，因此講話時，說法也要隨著對方的年紀與地位而不同。說話的對象和提及的人若是長輩、地位比自己高、或是客戶，都要用「敬語」。若是很熟的平輩、晚輩，或是關係很親密的人，才可以講「半語」。本書裡介紹的韓文，都是採取「敬語」，讓台灣讀者到韓國，無論和誰交談對話都不會失禮。

짐 싸기 1 (ㅂㅡㅁ.ㅿㄚ.ㄍㅡ)打包行李1

수건 도
가져가야 할까요 ?

(ㅿㄨ.ㄍㄛㄣ.ㄉㄡ.ㄅㄚ.ㄗㅡㄛ.ㄅㄚ.ㅡㄚ.ㄏㄚㄹ.ㄍㄚ.ㅡㄡˊ)

你覺得 毛巾 也要帶去嗎 ?

把以下片語套進 ☐ ，開口說說看 !

비누
(ㄆㅡ.ㄋㄨ)
香皂

치약
(ㄑㅡ.ㅡㄚㄱ)
牙膏

칫솔
(ㄑㅡㄛ.ㅿㄨㄹ)
牙刷

드라이기
(ㄊ.ㄌㄚ.ㅡ.ㄍㅡ)
吹風機
＝헤어드라이어

샴푸
(ㄗㄚㅁ.ㄆㄨ)
洗髮精

면도기
(ㄇㅡㄛㄣ.ㄉㄡ.ㄍㅡ)
刮鬍刀

跟韓國人說說看！

Ａ：친구 (ㄑㄧㄣ．ㄍㄨ) 朋友 / Ｂ：나 (ㄋㄚ) 我

[어쎄]
Ａ：한국 갈 준비 다 되었어요?
（ㄏㄢ．ㄍㄨㄱ．ㄎㄚㄌ．ㄘㄨㄣ．ㄅㄧ．ㄊㄚ．ㄊㄨㄝ．ㄛ．ㄙㄛ．ㄧㄡˊ）
要去韓國的東西都準備好了嗎？

[지기]
Ｂ：아니요, 아직이요.
（ㄚ．ㄋㄧ．ㄧㄡ．ㄚ．ㄐㄧ．ㄍㄧ．ㄧㄡˋ）
不，還沒。

수건도 가져가야 할까요?
（ㄙㄨ．ㄍㄛㄣ．ㄉㄡ．ㄎㄚ．ㄗㄛ．ㄎㄚ．ㄧㄚ．ㄏㄚㄌ．ㄍㄚ．ㄧㄡˊ）
你覺得毛巾也要帶去嗎？

[테레]　　[이쎄]
Ａ：그건 호텔에도 있어요.
（ㄎ．ㄍㄛㄣ．ㄏㄡ．ㄊㄝ．ㄌㄝ．ㄉㄡ．ㄧ．ㄙㄛ．ㄧㄡˋ）
那個飯店也有。

[피료]　　[업쎄]
가져갈 필요 없어요.
（ㄎㄚ．ㄗㄛ．ㄎㄚㄌ．ㄆㄧ．ㄌㄧㄡ．ㄛㄅ．ㄙㄛ．ㄧㄡˋ）
不需要帶去。

行前準備──衣服

　　韓國四季分明。春天是三～五月，三月的天氣還很冷，有時候還會下雪，要記得帶些冬天的外套或毛衣。四、五月的話，天氣開始變暖，但因早晚較涼，需要帶一件薄外套。夏天是六～八月，六月中旬前還沒那麼熱、天氣舒爽。但六月底到七月底則是韓國的梅雨季，整天下雨的機率很高。梅雨季一結束，天氣就變得高溫潮濕。如果要待在室外，要記得準備防曬乳、帽子、手帕、傘等東西。秋天是九～十一月，一旦進入九月，炎熱的天氣會逐漸降溫，尤其早晚會很涼。除了白天要穿的短袖短褲外，還要準備些長袖上衣或薄外套。進入十一月，就需要穿毛衣和厚外套了。冬天是十二～二月，天氣很冷，平均溫度大多在零度以下。因此，韓國一般家庭或公司、商店、甚至大眾交通工具裡的暖氣都會開得很強。建議洋蔥式穿法，穿一些容易穿脫的衣服，不然忽冷忽熱很難受。圍巾、手套和毛線帽等也是必備的。

짐 싸기 2 (ㄐㄧ-ㄇ.ㄙㄚ.ㄍㄧ) 打包行李 2

비행기표

[너 어 써]
가방에 넣었어요?

(ㄆㄧ-.ㄏㄝㅇ.ㄍㄧ.ㄆㄧㅗ.ㄅㄚ.ㄅㄤ.ㄝ.ㄋㄛ.ㆆ.ㄙㄛ.ㄧㅗ↗)

機票 放在包包裡了沒?

把以下片語套進 ▢ ，開口說說看!

여권 (ㄧㄛ.ㄍㄨㄣ) 護照	**신용카드** (ㄒㄧㄣ.ㄩㄥ.ㄅㄚ.ㄉ) 信用卡	**카메라** (ㄅㄚ.ㄇㄝ.ㄌㄚ) 相機

돈
(ㄊㄡㄋ)
錢

여행 안내서 (ㄧㄛ.ㄏㄝㅇ.ㄅ.ㄋㄝ.ㄙㄛ) 旅遊書	**생리대** (ㄙㄝㅇ.ㄌㄧ.ㄅㄝ) 衛生棉

跟韓國人說說看！

A：친구（ㄑㄧㄣ．ㄍㄨ）朋友 / **B**：나（ㄋㄚ）我

[지믄]　[싸써]
A：짐은 다 쌌어요？
（ㄐㄧ．ㄇㄣ．ㄊㄚ．ㄙㄚ．ㄙㄛ．ㄧㄡ↗）
行李都打包了沒？

[너어써]
B：네. 여권, 신용카드, 카메라, 모두 다 가방에 넣었어요.
（ㄋㄝ↘ // ㄧㄛ．ㄍㄨㄣ．ㄒㄧㄣ．ㄩㄥ．ㄎㄚ．ㄉ．ㄎㄚ．ㄇㄝ．ㄌㄚ．ㄇㄡ．ㄉㄨ．ㄊㄚ．ㄎㄚ．ㄅㄤ．ㄝ．ㄋㄛ．ㄛ．ㄙㄛ．ㄧㄡ↘）
是，護照、信用卡、相機全部都放在包包裡。

A：비행기표는요？
（ㄆㄧ．ㄏㄝㅇ．ㄍㄧ．ㄆㄧㄡ．ㄋㄣ．ㄧㄡ↗）
機票呢？

[바캔]
B：아, 제일 중요한 비행기표를 깜박했네요.
（ㄚ．ㄘㄝ．ㄧㄹ．ㄘㄨㅇ．ㄧㄡ．ㄏㄢ．ㄆㄧ．ㄏㄝㅇ．ㄍㄧ．ㄆㄧㄡ．ㄌㄹ．ㄍㄚㅁ．ㄅㄚ．ㄎㄝㄴ．ㄋㄝ．ㄧㄡ↘）
啊，我竟然忘了最重要的機票。

漫遊韓國Q&A

行前準備——電壓、手機

韓國的電壓是220V，插頭是雙孔粗圓型。建議行前先確認一下自己的筆記型電腦、數位相機或手機充電器等的電壓是多少。如果是100～240V，只要接上轉接插頭就可以在韓國使用。如果是110V專用，則需要使用變壓器。雖然也可以到了韓國時和飯店租借，但數量有限，建議出國前到3C賣場或在機場購買。

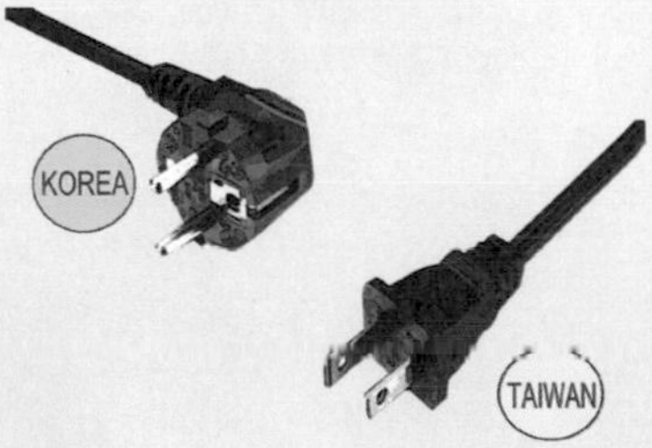

基本上台灣手機在韓國，因為系統不同無法使用，須購買當地電話卡或利用飯店房間電話。要不然，也可在韓國機場租當地的手機，一天不到100元台幣，國際話費從信用卡扣除。若是先在韓國觀光公社網站上預約，租手機費用更便宜。

（韓國打台灣：001-886-區域號碼（去掉0）-電話號碼）

에바 항공 2시
비행기예요.

(ㄝ.ㄅㄚ.ㄏㄤ.ㄍㄨㄥ.ㄊㄨ.ㄒㄧ.ㄆㄧ.ㄏㄝ○.ㄍㄧ.ㄧㄝ.ㄧㄡˋ)

是 長榮 航空 二點 的班機。

把以下片語套進 □□□ ，開口說說看！

대한 (ㄊㄝ.ㄏㄢ) 大韓～	아시아나 (ㄚ.ㄒㄧ.ㄚ.ㄋㄚ) 韓亞～	타이 (ㄊㄚ.ㄧ) 泰國～
캐세이퍼시픽 (ㄎㄝ.ㄙㄝ.ㄧ.ㄆㄛ.ㄒㄧ.ㄆㄧㄣ) 國泰～	중화 (ㄘㄨㄥ.ㄏㄨㄚ) 中華～	2시 반 (ㄊㄨ.ㄒㄧ.ㄆㄢ) 二點半

※ 時間 → 請參考第20頁

跟韓國人說說看！

Ａ：한국 친구（ㄏㄢ．ㄍㄨㄱ．ㄑㄧㄣ．ㄍㄨ）韓國朋友 ／ Ｂ：나（ㄋㄚ）我

Ａ：내일 몇 시 비행기예요？
（ㄋㄝ．ㄧㄹ．ㄇㄧㄛㄷ．ㄒㄧ．ㄆㄧ．ㄏㄝ○．ㄍㄧ．ㄧㄝ．ㄧㄡ↗）
明天幾點的飛機呢？

Ｂ：대한항공 오후 1시 비행기예요.
（ㄊㄝ．ㄏㄢ．ㄏㄤ．ㄍㄨㄥ．ㄡ．ㄏㄨ．ㄏㄢ．ㄒㄧ．ㄆㄧ．ㄏㄝ○．ㄍㄧ．ㄧㄝ．ㄧㄡ↘）
是大韓航空下午一點的飛機。

Ａ：그럼 한국에 몇 시쯤 도착하는 거예요？　[구게]　[차카]
（ㄎ．ㄌㄛㄇ．ㄏㄢ．ㄍㄨ．ㄍㄝ．ㄇㄧㄛㄷ．ㄒㄧ．ㄗㄇ．ㄊㄡ．ㄔㄚ．ㄎㄚ．ㄋㄣ．ㄎㄛ．ㄧㄝ．ㄧㄡ↗）
那麼幾點左右會到達韓國呢？

Ｂ：한국 시간으로 4시 20분이요.　[가느]　[부니]
（ㄏㄢ．ㄍㄟㄣ．ㄒㄧ．ㄍㄚ．ㄋ．ㄌㄡ．ㄋㄝ．ㄒㄧ－．ㄧ．ㄒㄧㄅ．ㄅㄨ．ㄋㄧ－．ㄧㄡ↘）
韓國時間四點二十分。

Ａ：그래요？알겠어요. 제가 공항에 마중 나갈게요.　[게써]
（ㄎ．ㄉㄝ．ㄧㄡ‖ㄚㄌ．ㄍㄝ．ㄙㄛ．ㄧㄡ↘
ㄘㄝ．ㄍㄚ．ㄎㄨㄥ．ㄏㄤ．ㄝ．ㄇㄚ．ㄗㄨㄥ．ㄋㄚ．ㄍㄚㄌ．ㄍㄝ．ㄧㄡ↘）
是嗎？我知道了。我會去機場接你。

前往韓國

　　台灣到韓國，飛行不到二個半小時就可抵達。韓國當地的時間比台灣快一個小時。例如，當台灣二點時，韓國是三點。持有台灣護照者，到韓國享有三十天的免簽證入境。因此，只是為了短期觀光去韓國的朋友，不需要辦簽證。

　　目前有六家航空公司由台北（桃園機場）飛首爾（仁川機場），分別為大韓航空、韓亞航空、長榮航空、泰國航空、國泰航空、中華航空。直飛濟州島的則有復興航空和華信航空。

　　仁川機場是韓國國際機場，是在二○○一年落成，擁有先進的設備和廣大的腹地。從台灣飛到仁川機場後，還要轉公車或捷運等的交通工具才可以到首爾。仁川機場到首爾大約和桃園機場到台北市的距離差不多，搭公車大概四十分鐘。

時間說法

　　韓文唸數字的方法分為二種，一種是來自漢字的說法，另一種是用純粹韓文的說法。時間幾「點」的部分與幾「分」的部分，必須要用不同的唸法。

		□點		□分	
	純韓文數字 第20頁	시（ㄒㄧ）		漢字音數字 第50頁	분（ㄅㄨㄴ）

1 點	한 시	ㄏㄢ．ㄒㄧ
2 點	두 시	ㄊㄨ．ㄒㄧ
3 點	세 시	ㄙㄝ．ㄒㄧ
4 點	네 시	ㄋㄝ．ㄒㄧ
5 點	다섯 시	ㄊㄚ．ㄙㄛㄷ．ㄒㄧ
6 點	여섯 시	ㄧㄛ．ㄙㄛㄷ．ㄒㄧ
7 點	일곱 시	ㄧㄹ．ㄍㄡㅂ．ㄒㄧ
8 點	여덟 시	ㄧㄛ．ㄅㄛㄹ．ㄒㄧ
9 點	아홉 시	ㄚ．ㄏㄡㅂ．ㄒㄧ
10 點	열 시	ㄧㄛㄹ．ㄒㄧ
11 點	열한 시	ㄧㄛㄹ．ㄏㄢ．ㄒㄧ
12 點	열두 시	ㄧㄛㄹ．ㄊㄨ．ㄒㄧ

實用韓語教室

여행 잘 다녀오세요.

(一ㄛ . ㄏㄝㄥ . ㄘㄚㄌ . ㄊㄚ . ㄋ一ㄛ . ㄡ . ㄙㄝ . 一ㄡˋ)

祝你一路順風。

이것도 가져가세요.

(一 . ㄍㄛㄷ . ㄉㄡ . ㄎㄚ . ㄗ一ㄛ . ㄎㄚ . ㄙㄝ . 一ㄡˋ)

這個也帶去吧。

[피료] [업써]

그건 필요 없어요.

(ㄎ . ㄍㄛㄣ . ㄆ一 . ㄌ一ㄡ . ㄛㅂ . ㄙㄛ . 一ㄡˋ)

那個就不需要。

[펴느]

에바항공 BR159편으로 3시에 한국 도착 예정이에요.

(ㄝ . ㄅㄚ . ㄏㅈ . ㄍㄨㄥ . BR . 一ㄌ . ㄡ . ㄎㄨ . ㄆ一ㄛ . ㄋ . ㄉㄡ .

ㄙㄝ . ㄒ一 . ㄝ . ㄏㄢ . ㄍㄨㄱ . ㄊㄡ . ㄘㄚㄱ . 一ㄝ . ㄗㄥ . 一 . ㄝ . 一ㄡˋ)

搭長榮航空BR159班機,預計三點到達韓國。

※ 漢字音數字,請參考第50頁

마중 나갈게요.

(ㄇㄚ . ㄗㄨㄥ . ㄋㄚ . ㄍㄚㄌ . ㄍㄝ . 一ㄡˋ)

我會去接你。

마중 나오지 마세요.

(ㄇㄚ . ㄗㄨㄥ . ㄋㄚ . ㄡ . ㄐ一 . ㄇㄚ . ㄙㄝ . 一ㄡˋ)

不用來接我。

[구게] [차카]

한국에 도착하면 전화 주세요.

(ㄏㄢ . ㄍㄨ . ㄍㄝ . ㄊㄡ . ㄘㄚ . ㄎㄚ . ㄇ一ㄛㄣ . ㄘㄛㄣ . ㄏㄨㄚ . ㄘㄨ . ㄙㄝ . 一ㄡˋ)

到韓國請打電話給我。

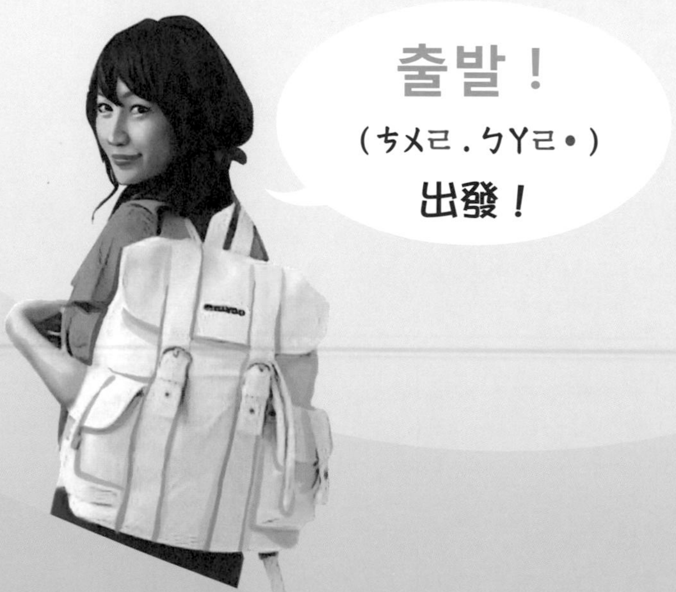
출발！
(ㄘㄨㄹ . ㄅㄚㄹ •)
出發！

STEP 2.

공항

(ㄎㄨㄥ.ㄏㄤ)

機場

- 탑승수속 登機手續
- 기내에서 在飛機上
- 입국심사 入境審查
- 짐 찾기 領取行李
- 세관 海關
- 환전 換錢

탑승수속 (ㄊㄚㅂ.ㄙㅇ.ㄙㅜ.ㄙㅈㄱ) 登機手續

[소글]

어디에서 탑승수속을 해야 하나요?

(ㄛ.ㄉㄧ.ㅔ.ㄙㅈ. ㄊㄚㅂ.ㄙㅇ.ㄙㅜ.ㄙㅈㄱ.ㄍㄹ.ㄏㄝ. ㄧㄚ.ㄏㄚ.ㄋㄚ.ㄧㅈㄱ)

該在哪裡 辦理登機手續 呢？

把以下片語套進 ，開口說說看！

[바다] 입국심사를 받아	[지물] [차자] 짐을 찾아	[포늘] 핸드폰을 대여해
(ㄧㅂ.ㄍㅜㄱ.ㄒㄧㅁ.ㄙㄚ.ㄌㄹ.ㄅㄚ.ㄉㄚ)	(ㄐㄧ.ㄇㄹ.ㄅㄚ.ㄗㄚ)	(ㄏㄝㄴ.ㄉ.ㄆㄛㄡ.ㄋㄹ.ㄊㄝ.ㄧㄛ.ㄏㄝ)
接受入境審查	領取行李	租手機

서울 가는 버스를 타	차를 렌트해
(ㄙㄛ.ㄨㄹ.ㄅㄣ.ㄋㄣ.ㄅㄜ.ㄙ.ㄌㄹ.ㄊㄚ)	(ㄔㄚ.ㄌㄹ.ㄌㄝㄣ.ㄊ.ㄏㄝ)
搭往首爾的巴士	租車

跟韓國人說說看！

Ａ：나(ㄋㄚ)我 / Ｂ：공항직원(ㄎㄨㄥ.ㄏㅤㄥ.ㄐㄧ.《ㄨㄣ)機場職員

[소글]

Ａ：어디에서 타이페이행 비행기 탑승수속을 해야 하나요？
(ㄛ.ㄅㄧ.ㅤ.ㄙㄛ.ㄊㄚ.ㄧ.ㄆㄝ.ㄧ.ㄏㄝㄥ.ㄆㄧ.ㄏㄝㄥ.《ㄧ.ㄊㄚㅂ.ㄙㄥ.ㄙㄨ.ㄙㄨ.ㄌ.ㄏㄝ.ㄧㄚ.ㄏㄚ.ㄋㄚ.ㄧㄡㆍ)
該在哪裡辦理往台北的飛機登機手續呢？

Ｂ：여기에서 하시면 돼요.
(ㄧㄛ.《ㄧ.ㅤ.ㄙㄛ.ㄏㄚ.ㄒㄧ.ㄇㅤㄣ.ㄊㄨㄝ.ㄧㄡㆍ)
在這裡辦就可以。

여권하고 티켓 보여 주세요.
(ㄧㄛ.《ㄨㄣ.ㄏㄚ.《ㄡ.ㄊㄧ.ㄎㄝㄇ.ㄆㄡ.ㄧㄛ.ㄘㄨ.ㄙㄝ.ㄧㄡㆍ)
請給我看護照和機票。

[씀]

Ａ：여기 있습니다. 창문 쪽 자리로 부탁드려요.
(ㄧㄛ.《ㄧ.ㄧㅤㅁ.ㄋㄧ.ㄅㄚㆍ‖ ㄘㅤ.ㄇㄨㄥ.ㄗㄡㆍ.ㄘㄚ.ㄌㄧ.ㄌㄡ.ㄆㄨ.ㄊㄚㆍ.ㄅ.ㄌㄧㄛ.ㄧㄡㆍ)
在這裡。拜託給我靠窗的位子。

[씀]

Ｂ：네, 알겠습니다.
(ㄋㄝ.ㄚㄌ.《ㄝ.ㄙㅤㅁ.ㄋㄧ.ㄅㄚㆍ)
好，我知道了。

※ 통로 쪽 자리 (ㄊㄨㄥ.ㄌㄡ.ㄗㄡㆍ.ㄘㄚ.ㄌㄧ) 靠走道的位子

託運行李

　　一般來說，搭飛機往返韓國，每人免費託運行李總重，經濟艙不得超過二十公斤，商務艙則是三十公斤，超重則要另外付費。指甲刀、剪刀等尖銳的物品不能放在手提行李，必須放在託運行李箱裡。至於水果與肉類，海關嚴格禁止入境。

　　如果您是打算短期旅行、又愛逛街的女性朋友，建議在整理行李時以輕便為主，盡量讓您的行李箱空空的，以免行李嚴重超重。去韓國，尤其是首爾的明洞、東大門市場、梨大、狎鷗亭等的購物天堂，沒有人可以全身而退。通常回台灣的時候，會發現行李箱裝了滿滿的化妝品和衣服。

　　另外，很多台灣遊客在韓國買當地的泡菜託運回來。不過，泡菜是發酵食品，如果包裝不夠完整，因為氣壓的關係，搭飛機時容易破裂溢出。建議買真空包裝的泡菜，不然購買時跟店員說要搭飛機，請他們包裝妥當。

기내에서 (ㄎㄧ．ㄋㄝ．ㄝ．ㄙㄛ) 在飛機上

[게써]

물 좀 주시겠어요?

(ㄇㄨㄹ．ㄘㄡㄇ．ㄘㄨ．ㄒㄧ．ㄍㄝ．ㄙㄛ．ㄧㄡ↗)

請給我 水 ，好嗎？

把以下片語套進 ____ ，開口說說看！

헤드폰
(ㄏㄝ．ㄉ．ㄆㄡㄥ)
頭戴式耳機

안대
(ㄢ．ㄉㄝ)
眼罩

[뇨]
담요
(ㄊㄚㄇ．ㄋㄧㄡ)
毛毯

대만 신문
(ㄊㄝ．ㄇㄢ．ㄒㄧㄣ．ㄇㄨㄣ)
台灣報紙

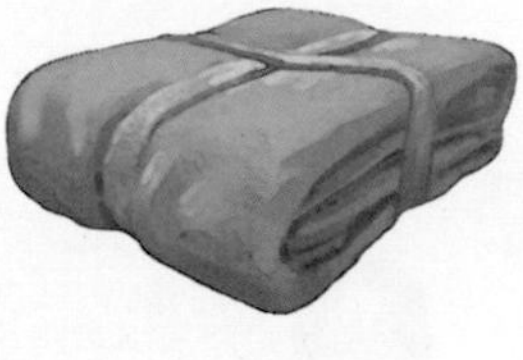

볼펜
(ㄆㄡㄹ．ㄆㄝㄣ)
原子筆

와인
(ㄨㄚ．ㄧㄣ)
葡萄酒

※ 更多的飲料 → 請參考第92頁

跟韓國人說說看！

Ⓐ：스튜어디스（ㄙ．ㄊㄧㄨ．ㄛ．ㄉㄧ．ㄙ）空姐 / Ⓑ：나（ㄋㄚ）我

Ⓐ：식사는 닭고기와 생선 중 어느 걸로 하시겠어요？ ^[게써]
（ㄒㄧㄱ．ㄙㄚ．ㄋㄨ．ㄊㄚㄱ．《ㄨ．《ㄧ．ㄨㄚ．ㄙㄝㄥ．ㄙㄛㄣ．ㄘㄨㄥ．ㄛ．ㄋㄨ．ㄎㄛㄌㄌ．ㄌㄡ．ㄏㄚ．ㄒㄧ．《ㄝ．ㄙㄛ．ㄧㄡˊ）
餐點您要雞肉還是魚？

Ⓑ：닭고기로 주세요.
（ㄊㄚㄱ．《ㄨ．《ㄧ．ㄌㄡ．ㄘㄨ．ㄙㄝ．ㄧㄡˋ）
我要雞肉。

Ⓐ：음료는 뭘로 하시겠어요？ ^[뇨] ^[게써]
（ㄜㄇ．ㄋㄧㄡ．ㄋㄨㄣ．ㄇㄨㄛㄌㄌ．ㄌㄡ．ㄏㄚ．ㄒㄧ．《ㄝ．ㄙㄛ．ㄧㄡˊ）
飲料您要什麼？

Ⓑ：오렌지 주스로 주세요.
（ㄡ．ㄌㄝㄣ．ㄐㄧ．ㄘㄨ．ㄙ．ㄌㄡ．ㄘㄨ．ㄙㄝ．ㄧㄡˋ）
我要柳橙汁。

아, 그리고 담요도 좀 주시겠어요？ ^[뇨] ^[게써]
（ㄚ．ㄎㄜ．ㄌㄧ．《ㄡ．ㄊㄚㄇ．ㄋㄧㄡ．ㄉㄡ．ㄘㄡㄇ．ㄘㄨ．ㄒㄧ．《ㄝ．ㄙㄛ．ㄧㄡˊ）
啊，還有請給我毛毯，好嗎？

飛機餐點

　　對您來說印象最深刻的飛機餐點是什麼？想不想試試特別飛機餐呢？韓國籍航空公司有大韓航空與韓亞航空。若您搭乘這二家的飛機，就可以在空中享受美味韓國料理。

　　大韓航空最受歡迎的餐點是「韓式拌飯」，真空包裝熱騰騰的白飯，用各種新鮮蔬菜、搭配菇類與肉類拌飯。另外，還窩心地準備一條辣椒醬和芝麻油包，附上道地的韓國泡菜和韓式醬湯。添加適當量的調料拌一拌，越拌越香，讓您食慾大振。大韓航空因為這個餐點，曾經二次獲得由國際航空機上餐飲協會頒發的大獎。

　　韓亞航空也有提供韓式拌飯，但這家較受歡迎的餐點則足「韓式生菜包飯」、提供米飯、燒肉、搭配幾種生青菜葉、幾樣小菜以及一碗味噌湯。拿起生菜，把飯、肉、韓式豆瓣醬、並搭配小片的辣椒，全部包起來大口的吃，味道真的是一級棒！

機場
在飛機上

입국심사 (一ㅂ . 《ㄨㄱ . ㄒㄧㅁ . �厶Y) 入境審查

| 관광 | 왔습니다. [씀] |

(ㄎㄨㄢ . 《ㄨㄤ . ㄨY . ㄙㅁ . ㄋㅡ . ㄌYˋ)

我是來 觀光 的。

把以下片語套進 □□□□，開口說說看！

여행
(一ㄛ . ㄏㄝ0)
旅行

출장
(ㄘㄨㄥ . ㄗㅊ)
出差

공부하러
(ㄎㄨㄥ . ㄅㄨ . ㄏY . ㄌㄜ)
讀書

친구를 만나러
(ㄑㄧㄣ . 《ㄨ . ㄌㄜ . ㄇㄢ . ㄋY . ㄌㄜ)
見朋友

[하쾨]　　　[서카]
학회에 참석하러
(ㄏY . ㄎㄨㄝ . ㄝ . ㄘㄚㅁ . ㄙㄛ . ㄎY . ㄌㄜ)
參加研討會

跟韓國人說說看！

A：심사관 (ㄒㄧㅁ.ㄙㄚ.《ㄨㄢ) 審查官 / B：나 (ㄋㄚ) 我

[구게] [씀]
A：한국에는 무슨 일로 오셨습니까？
(ㄏㄢ.《ㄨ.《ㄝ.ㄋㄣ.ㄇㄨ.ㄙㄣ.ㄧㄌ.ㄌㄡ.ㄡ.ㄕㄛ.ㄙㅁ.ㄋㄧ.《ㄚˊ)
因為什麼事來韓國呢？

[씀]
B：관광 왔습니다.
(ㄎㄨㄢ.《ㄨㄤ.ㄨㄚ.ㄙㅁ.ㄋㄧ.ㄉㄚˋ)
我是來觀光的。

[겸]
A：얼마 동안 체류하실 겁니까？
(ㄛㄌ.ㄇㄚ.ㄉㄨㄥ.ㄢ.ㄘㄝ.ㄌㄧㄡ.ㄏㄚ.ㄒㄧㄌ.ㄎㄜㅁ.ㄋㄧ.《ㄚˊ)
會停留多久呢？

[이리]
B：일주일이요.
(ㄧㄌ.ㄗㄨ.ㄧ.ㄌㄧ.ㄧㄡˋ)
一週。

※ 三天：삼 일 (ㄙㄚㅁ.ㄧㄌ) / 四天：사 일 (ㄙㄚ.ㄧㄌ)

下飛機之後的程序

仁川機場從二〇〇八年起，有給外籍航空公司們專用的航廈。因此，若您搭非韓國籍的飛機去韓國，下飛機後必須改搭機場接駁車（像捷運一樣的列車、每五分鐘有一班），到另一個航廈辦理入境手續。搭韓國籍航空公司的遊客就可以直接走到入境審查的地方。

機場內部的標示幾乎都用韓、英、中、日等多種語言表示，所以基本上只要跟著標誌走，不會有迷路的問題。到了辦理入境手續的地方，要在外國人 (외국인 ㄨㅔ.《ㄨ.《ㄧㄣ) 入境審查的櫃檯前面排隊，把護照和在飛機上填好的入境卡拿出來等。通過審查後，領完行李，如果沒有需要報稅的東西，沿著出口標誌直接出關就行。離開機場之前，也可以在機場詢問處拿些觀光、住宿、交通方面的資料，或是去租借手機。

짐 찾기 (ㄐㄧㄇ.ㄘㄚㄈ.《ㄧ) 領取行李

A 가
B 이
어디에 [인] 있나요?

(A 《ㄚ / B ㄧ.ㄛ.ㄉㄧ.ㄝ.ㄧㄣ.ㄋㄚ.ㄧㄡˊ)

▢ 在哪裡呢？

把以下片語套進 ▢，開口說說看！

A	A	A
카트	환전소	[거멱] 검역소
(ㄎㄚ.ㄊ)	(ㄏㄨㄢ.ㄗㄛㄣ.ㄙㄡ)	(ㄎㄛ.ㄇㄧㄛㄍ.ㄙㄡ)
推車＝손수레	貨幣兌換處	檢疫所

B	B	B
분실 수하물 신고소	[찬] 짐 찾는 곳	화장실
(ㄆㄨㄣ.ㄒㄧㄌ.ㄙㄨ.ㄏㄚ.ㄇㄨㄌ.ㄒㄧㄣ.《ㄡ.ㄙㄡ)	(ㄐㄧㄇ.ㄘㄢ.ㄋㄣ.ㄎㄡㄴ)	(ㄏㄨㄚ.ㄗㄤ.ㄒㄧㄌ)
行李遺失申訴處	領取行李處	化妝室

跟韓國人說說看！

Ⓐ：나 (ㄋㄚ) 我 / Ⓑ：공항직원 (ㄎㄨㄥ．ㄏㄤ０．ㄐㄧ．ㄍㄨㄣ) 機場職員

Ⓐ：저기요, 분실 수하물 신고소가 어디에 있나요? [인]
（ㄘㄛ．ㄍㄧ．ㄧㄡ．ㄆㄨㄥ．ㄒㄧㄌ．ㄙㄨ．ㄏㄚ．ㄇㄨㄌ．ㄒㄧㄣ．ㄍㄡ．ㄙㄡ．ㄍㄚ．ㄛ．ㄉㄧ．ㄝ．ㄧㄣ．ㄋㄚ．ㄧㄡˊ）
請問，行李遺失申訴處在哪裡呢？

機場

領取行李

Ⓑ：왜 그러시죠?
（ㄨㄝ．ㄎ．ㄌㄛ．ㄒㄧ．ㄗㄡˊ）
怎麼了嗎？

Ⓐ：제 짐을 찾을 수가 없어요. [지믈] [차즐] [업써]
（ㄘㄝ．ㄐㄧ．ㄇㄌ．ㄔㄚ．ㄗㄌ．ㄙㄨ．ㄍㄚ．ㄛㄅ．ㄙㄛ．ㄧㄡˋ）
找不到我的行李。

Ⓑ：제가 도와 드릴게요.
（ㄘㄝ．ㄍㄚ．ㄊㄡ．ㄨㄚ．ㄊ．ㄌㄧㄌ．ㄍㄝ．ㄧㄡˋ）
我來幫你。

수화물표 좀 보여 주시겠어요? [게써]
（ㄙㄨ．ㄏㄚ．ㄇㄨㄌ．ㄆㄧㄡ．ㄘㄡㄇ．ㄆㄡ．ㄧㄛ．ㄘㄨ．ㄒㄧ．ㄍㄝ．ㄙㄛ．ㄧㄡˊ）
能讓我看行李牌嗎？

提領行李

當您一通過入境審查，就可以看到一個電子公告版如下，表示各個班次的行李轉台號碼，讓遊客馬上知道自己該去哪裡領行李。

편명 班機	출발지 出發地	수취대 行李轉台	출구 出口
BR160	TAIPEI	14	D

　　到了領取行李的地方，會看到很多推車，韓國機場的推車大小比台灣大很多，要記得推車手把的部分要往下按才推得動喔！

　　另外，仁川機場曾經獲選「最佳航站清潔」排名第一，廁所也當然不例外。除了廁所本身非常乾淨外，也有相當體貼又乾淨的設計。人一進到廁所裡，馬桶座椅會自動換乾淨的坐墊，也可以直接按馬桶上面的紅色按鈕來更換。在廁所裡還有白色的按鈕式音樂沖水聲機，可以掩蓋些尷尬的聲音。還有，在韓國，上廁所用過的衛生紙要直接丟在馬桶裡沖水，請不要丟在垃圾桶裡。

세관 (ㄙㄜ.ㄍㄨㄢ) 海關

그건 우룡차[임]입니다.

(ㄎ.ㄍㄜㄣ.ㄨ.ㄌㄨㄥ.ㄘㄚ.ㄧㅁ.ㄋㅡ.ㄉㄚˋ)

那是 烏龍茶 。

把以下片語套進 [____] ，開口說說看！

말린 과일
(ㄇㄚㄹ.ㄌㅣㄣ.ㄎㄨㄚ.ㅣㄹ)
水果乾

대만 전통 과자
(ㄊㄝ.ㄇㄢ.ㄗㄜㄣ.ㄊㄨㄥ.ㄎㄨㄚ.ㄗㄚ)
台灣傳統餅乾
（鳳梨酥、月餅等）

제가 사용하는 카메라
(ㄘㄝ.ㄍㄚ.ㄙㄚ.ㄩㄥ.ㄏㄚ.ㄋㄣ.ㄎㄚ.ㄇㄝ.ㄌㄚ)
我自用的相機

[하냑]
한약
(ㄏㄚ.ㄋㄧㄚㄍ)
中藥

친구에게 줄 선물
(ㄑㄧㄣ.ㄍㄨ.ㄝ.ㄍㄝ.ㄘㄨㄌ.ㄙㄣ.ㄇㄨㄌ)
要送朋友的禮物

跟韓國人說說看！

Ａ：세관원（ㄙㄟ.ㄍㄨㄢ.ㄨㄣ）海關員 / Ｂ：나（ㄋㄚ）我

Ａ：이 가방 좀 열어 보세요. [여러]
（ㄧ.ㄅㄚ.ㄅㄤ.ㄘㄡㅁ.ㄧㅓ.ㄌㅓ.ㄆㄡ.ㄙㄟ.ㄧㄡˋ）
請打開這件包包（行李）。

신고하실 물건은 없습니까？ [거는] [업씀]
（ㄒㄧㄣ.ㄍㄡ.ㄏㄚ.ㄒㄧㄌ.ㄇㄨㄹ.ㄍㆆ.ㄋㄣ.ㄛㅂ.ㄙㅁ.ㄋㄧ.ㄍㄚˊ）
沒有要申報的東西嗎？

Ｂ：없습니다. [업씀]
（ㄛㅂ.ㄙㅁ.ㄋㄧ.ㄉㄚˋ）
沒有。

Ａ：이것은 무엇입니까？ [거슨] [어심]
（ㄧ.ㄍㄛ.ㄙㄣ.ㄇㄨ.ㄛ.ㄒㄧㅁ.ㄋㄧ.ㄍㄚˊ）
這是什麼？

Ｂ：그건 친구에게 줄 선물입니다. [임]
（ㄎㄣ.ㄍㄛㄣ.ㄑㄧㄣ.ㄍㄨ.ㄝ.ㄍㄟ.ㄔㄨㄹ.ㄙㄣ.ㄇㄨㄹ.ㄧㅁ.ㄋㄧ.ㄉㄚˋ）
那是要送朋友的禮物。

赴韓伴手禮

　　台灣遊客去韓國，一定會買些人參和泡菜的產品回來。那相反的，韓國遊客來台灣時會買哪些東西呢？若您到韓國是拜訪客戶或友人，該送什麼伴手禮比較適合呢？

　　最推薦的是平價又好吃的鳳梨酥或月餅類，不過盡量避開有咖哩味或包肉鬆的月餅，以免不符合韓國人的口味。還有，芒果乾和包芒果的巧克力（在機場都有賣）也是不錯的選擇，因為在韓國芒果大多是進口的、比較貴。若要送韓國人茶葉，建議先打聽一下對方是否特別喜歡喝茶。不少韓國人不會像台灣人一樣喝茶這麼講究，就算送很貴的高山茶，若對方並不知它的價值就太可惜了。至於烏魚子和干貝，送的時候順便說明一下要怎麼吃，不然對方有可能會一直放著碰也不碰。

　　最後，送禮物時，誠意當然是最重要，但韓國人還蠻在意包裝的部分，所以送他們禮物時請留意一下這點。

환전 (ㄏㄨㄢ.ㄗㄜㄣ) 換錢

$\boxed{A}$를
$\boxed{B}$을 한국돈[도느]으로 바꾸고

[시픈]
싶은데요.

($\boxed{A}$ㄉㄹ / $\boxed{B}$ㄷㄹ . ㄏㄢ . ㄍㄨㄣ . ㄊㄡ . ㄋ . ㄉㄡ . ㄆㄚ . ㄍㄨ . ㄍㄡ . ㄒㄧ . ㄆㄣ . ㄉㄝ . ㄧㄡˋ)

我想把 ☐ 換成韓幣。

把以下片語套進 ☐ ，開口說說看!

A	A	A
달러 (ㄉㄚㄹ.ㄌㄛ) 美金	유로 (ㄧㄨ.ㄌㄡ) 歐元	엔화 (ㄝㄣ.ㄏㄨㄚ) 日圓

A		
여행자수표 (ㄧㄛ.ㄏㄝ○.ㄗㄚ.ㄙㄨ.ㄆㄧㄡ) 旅行支票		

B		B
대만돈 (ㄊㄝ.ㄇㄢ.ㄊㄡㄣ) 台幣		중국돈 (ㄘㄨ○.ㄍㄨㄣ.ㄊㄡㄣ) 人民幣

跟韓國人說說看！

Ａ：은행직원 (ㄣ．ㄏㄝㅇ．ㄐㄧ．ㄍㄨㄣ) 機場職員 / Ｂ：나 (ㄋㄚ) 我

Ａ：달러를 한국돈으로 바꾸고 싶은데요.
[도느] [시픈]
(ㄅㄧㄛㄌ．ㄌㄛㄌ．ㄏㄢ．ㄍㄨㄍ．ㄊㄡ．ㄋ．ㄌㄡ．ㄆㄚ．ㄍㄨ．ㄍㄡ．ㄒㄧ．ㄆㄣ．ㄉㄝ．ㄧㄡˋ)
我想把美金換成韓幣。

오늘 환율은 얼마입니까?
[유른] [임]
(ㄡ．ㄋㄜ．ㄏㄨㄢ．ㄧㄨ．ㄌㄨㄣ．ㄛㄌ．ㄇㄚ．ㄧㅁ．ㄋㄧ．ㄍㄚˊ)
今天匯率是多少？

Ｂ：1달러에 1,200원입니다.
[임]
(ㄧㄌ．ㄅㄚ．ㄌㄛ．ㄝ．ㄘㄛㄣ．ㄧ．ㄆㄝㄍ．ㄨㄣ．ㄧㅁ．ㄋㄧ．ㄅㄚˋ)
美金一元，兌換韓幣一千二百元。

Ａ：500달러 바꿔 주세요.
(ㄡ．ㄆㄝㄍ．ㄅㄚㄌ．ㄌㄛ．ㄆㄚ．ㄍㄨㄛ．ㄘㄨ．ㄙㄝ．ㄧㄡˋ)
我要換五百美金。

※ 錢 → 請參考第50頁

※ 錢 → 請參考第50頁

韓國的貨幣

　　韓國的貨幣單位為「원 (ㄨㄣ)」，通常以「W」來表示。韓元紙鈔面額有四種，分別為五萬、一萬、五千及一千韓元。韓國政府有計畫將來推出十萬韓元面額的紙鈔。至於硬幣，則有五百、一百、五十及十元四種面額。

　　出國前，可以到台灣銀行或兆豐銀行，直接以台幣兌換韓幣。不然，到了韓國之後，在機場大廳、市內一般銀行或住宿飯店等地方，都可用美金兌換韓幣。若是兌換金額大，建議帶美金去韓國換。在換錢時需要出示護照。

　　至於物價，基本上大眾交通費與房價等項目，首爾與台北的物價差不多，但吃的東西（尤其是飲料）、教育費及油價等項目，台灣就便宜很多。出國前請記得上網查詢一下目前的匯率，再評估旅遊預算。

機場 換錢

在機場會看到的標誌

	환승 （ㄏㄨㄢ．ㄙㅇ） 轉機		입국심사 （ㄧㅂ．ㄍㄨㄱ．ㄒㄧㅁ．ㄙㄚ） 入境審查
	수하물 찾는 곳 （ㄙㄨ．ㄏㄚ．ㄇㄨㄹ． ㄘㄢ．ㄋㄣ．ㄍㄡㄷ） 領取行李處		분실 수하물 （ㄆㄨㄴ．ㄒㄧㄹ． ㄙㄨ．ㄏㄚ．ㄇㄨㄹ） 行李遺失
	화장실 （ㄏㄨㄚ．ㄗㄤ．ㄒㄧㄌ） 化妝室		마시는 물 （ㄇㄚ．ㄒㄧ．ㄋㄣ．ㄇㄨㄹ） 飲水機 （直譯：可以喝的水）
	환전 （ㄏㄨㄢ．ㄗㄛㄣ） 換錢		공항안내 （ㄎㄨㄥ．ㄏㄤ．ㄋ．ㄋㅐ） 機場詢問處

實用韓語教室

퍼스트 클래스 / 비즈니스 클래스 / 이코노미 클래스
(ㄆㄛ.ㄙ.ㄊ. ㄎㄹ.ㄌㄝ.ㄙ /ㄆㄧ.ㄗ.ㄋㄧ.ㄙ.~/ㄧ.ㄎㄡ.ㄋㄡ.ㄇㄧ.~)
頭等艙 / 商務艙 / 經濟艙

[가튼]
여기는 제 자리인 것 같은데요.
(ㄧㄛ.《ㄧ.ㄋㄣ.ㄘㄝ.ㄘㄚ.ㄌㄧ.ㄧㄣ.《ㄛㄷ.ㄎㄚ.ㄊㄣ.ㄉㄝ.ㄧㄡˋ)
這裡好像是我的座位。

[이쏼]
죄송하지만 자리 좀 바꿔 주실 수 있을까요?
(ㄘㄨㄝ.ㄙㄨㄥ.ㄏㄚ.ㄐㄧ.ㄇㄢ.ㄘㄚ.ㄌㄧ.ㄘㄨㄇ.
ㄅㄚ.《ㄨㄛ.ㄘㄨ.ㄒㄧㄢ.ㄙㄨ.ㄧ.ㄙㄹ.《ㄚ.ㄧㄡˊ)
不好意思，請問可以和我換一下座位嗎？

[가치]   [시퍼]
친구와 같이 앉고 싶어서요.
(ㄑㄧㄣ.《ㄨ.ㄨㄚ.ㄎㄚ.ㄑㄧ.ㄢ.《ㄡ.ㄒㄧ.ㄆㄛ.ㄙㄛ.ㄧㄡˋ)
因為我想和朋友一起坐。

[푸믈]   [시픈]
면세품을 사고 싶은데요.
(ㄇㄧㄛㄣ.ㄙㄝ.ㄆㄨ.ㄇㄹ.ㄙㄚ.《ㄡ.ㄒㄧ.ㄆㄣ.ㄉㄝ.ㄧㄡˋ)
我想買免稅商品。（在飛機上對空姐）

모두 오천 원짜리로 바꿔 주세요.
(ㄇㄡ.ㄉㄨ.ㄡ.ㄘㄛㄣ.ㄨㄣ.ㄗㄚ.ㄌㄧ.ㄌㄡ.ㄅㄚ.《ㄨㄛ.ㄘㄨ.ㄙㄝ.ㄧㄡˋ)
全部都要換成五千元面額。（換錢時）

[시픈]
관광 안내자료를 좀 얻고 싶은데요.
(ㄎㄨㄢ.《ㄨㄤ.ㄢ.ㄋㄝ.ㄘㄚ.ㄌㄧㄡ.ㄌㄹ.ㄘㄨㄇ.ㄛㄷ.《ㄡ.ㄒㄧ.ㄆㄣ.ㄉㄝ.ㄧㄡˋ)
我想拿些有關觀光的資料。（在機場詢問處）

이 버스 명동 가요?

(ㄧ.ㄅㄛ.ㄙ.ㄇㄧㄛㄥ.ㄉㄨㄥ.ㄎㄚ.ㄧㄡˊ)

這班巴士去明洞嗎?

STEP 3.

교통

(ㄐㄧㄠ ˙ ㄊㄨㄥ)

交通

표 사기 (ㄆㄧㄡ.ㄙㄚ.ㄍㄧ) 購票

명동 가는 표 2장 주세요.

(ㄇㄧㆤㄥ.ㄉㄨㄥ.ㄎㄚ.ㄋㄣ.ㄆㄧㄡ.ㄊㄨ.ㄗㄤ.ㄘㄨ.ㄙㄝ.ㄧㄡˋ)

我要二張到 明洞 的票。

把以下片語套進 ▢，開口說說看！

서울역	강남 고속터미널	신촌
(ㄙㄛ.ㄨㄥ.ㄧㆤㄍ)	(ㄎㄤ.ㄋㄚㄇ.ㄎㄡ.ㄙㄜㄍ.ㄊㄛ.ㄇㄧ.ㄋㄜㄌ)	(ㄒㄧㄣ.ㄘㄨㄥ)
首爾車站	江南客運站	新村

이태원	종로 3가	김포공항
(ㄧ.ㄊㆤ.ㄨㄣ)	(ㄘㄨㄥ.ㄍㄡ.ㄙㄚㄇ.ㄍㄚ)	(ㄎㄧㄇ.ㄆㄡ.ㄎㄨㄥ.ㄏㄤ)
黎泰院	鐘路三街	金浦機場

※ 數字；票的數量 → 請參考第20頁 / 幾街 → 請參考第50頁

跟韓國人說說看！

A：나（ㄋㄚ）我 / B：한국사람（ㄏㄢ.ㄍㄨㄱ.ㄙㄚ.ㄌㄚㅁ）韓國人

A：실례지만 어디에서 공항버스표를 사야 하나요？
（ㄒㄧㄌ.ㄌㄝ.ㄐㄧ.ㄇㄢ.ㄛ.ㄉㄧ.ㄝ.ㄙㄛ.ㄍㄨㄥ.ㄏㅊ.ㄅㄛ.ㄙ.ㄆㄧㄡ.ㄌㄦ.ㄙㄚ.ㄧㄚ.ㄏㄚ.ㄋㄚ.ㄧㄡ）
不好意思，請問該在哪裡買機場巴士的票呢？

　　　　[무느]　　　　　　[쪼그]　　　　　　　　[고시]　[씀]
B：이 문으로 나가서 왼쪽으로 가시면 표 파는 곳이 있습니다.
（ㄧ.ㄇㄨㄣ.ㄋ.ㄌㄡ.ㄋㄚ.ㄍㄚ.ㄙㄛ.ㄨㄝㄣ.ㄗㄡ.ㄍ.ㄌㄡ.ㄎㄚ.ㄒㄧ.ㄇㄧㄛㄣ.ㄆㄧㄡ.ㄆㄚ.ㄋㄣ.ㄎㄡ.ㄒㄧ.ㄧ.ㄙㅁ.ㄋㄧ.ㄉㄚˋ）
從這個門出去往左走，就有賣票的地方。

＜到了購票處＞

A：명동 가는 표 1장 주세요. 얼마예요？
（ㄇㄧㄛㄥ.ㄉㄨㄥ.ㄎㄚ.ㄋㄣ.ㄆㄧㄡ.ㄏㄢ.ㄗㄤ.ㄘㄨ.ㄙㄝ.ㄧㄡˋ‖ㄛㄦ.ㄇㄚ.ㄧㄝ.ㄧㄡˊ）
我要一張到明洞的票。多少錢？

　　　　[임]
B：8,000원입니다.
（ㄆㄚㄌ.ㄔㄛㄣ.ㄨㄣ.ㄧㅁ.ㄋㄧ.ㄉㄚˋ）
是八千元。

※ 數字；價錢 → 請參考第50頁

機場到首爾

從仁川機場到首爾市區，目前有三種交通工具可以搭乘。

機場巴士：最多人的選擇。從機場一出來就會看到一整排巴士的站牌，上面都有標明路線圖和出發時間。若還不清楚該搭哪一班，也可以請教在站牌旁幫乘客搬行李的先生們。每一班公車在機場都有二個停靠站（在機場前後各一個），看哪邊較近就去哪邊等車。入境大廳內或機場外都有售票處，上車之前須先買票喔！

機場地鐵：這是二〇〇七年起開通的機場捷運，位於機場地下一樓，目前只能搭到金浦機場，但將來計畫開到首爾車站。設備很新、車費比機場巴士便宜很多，但到了金浦機場還要轉車才能到目的地，不太推薦給帶著大行李的遊客。

計程車：從機場四至八號出口出來，過馬路到中央車道，就可以搭計程車。站牌上都有寫車費表可以參考。深夜、凌晨抵達機場或有朋友可以分擔車資的遊客，可以考慮。

버스 1 (ㄅㄛ.ㄥ) 公車 1

目的地 가는 버스 어디에서 타야 하나요?

(□.ㄅㄚ.ㄋㄣ ㄅㄛ.ㄥ.ㄛ.ㄉㄧ.ㄝ.ㄙㄛ.ㄊㄚ.ㄧㄚ.ㄏㄚ.ㄋㄚ.ㄧㄡ↗)

去 □ 的 公車 該在哪裡搭呢?

把以下片語套進 □，開口說說看!

지하철
(ㄐㄧ.ㄏㄚ.ㄘㄛㄹ)
捷運

고속철도
(ㄎㄡ.ㄙㄡㄱ.ㄘㄛㄹ.ㄉㄡ)
高鐵＝KTX

고속버스
(ㄎㄡ.ㄙㄡㄱ.ㄅㄛ.ㄥ)
客運

기차
(ㄎㄧ.ㄘㄚ)
火車

케이블카
(ㄎㄝ.ㄧ.ㄅㄜ.ㄅㄚ)
纜車

배
(ㄆㄝ)
船

跟韓國人說說看！

Ⓐ：나（ㄋㄚ）我 ／ Ⓑ：한국사람（ㄏㄢ.ㄍㄨㄱ.ㄙㄚ.ㄌㄚㅁ）韓國人

[떠케]

Ⓐ：저기요, 여기에서 63빌딩 어떻게 가요？
（ㄘㄛ.ㄍㄧ.ㄧㄡ.ㄍㄧ.ㄝ.ㄙㄛ.ㄩㄥ.ㄙㄚㄇ.ㄅㄩㄹ.ㄌㄧㄥ.ㄛ.ㄉㄛ.ㄎㄝ.ㄎㄚ.ㄧㄡ↗）
請問從這裡怎麼去63大廈呢？

[이쓰]

Ⓑ：63빌딩은 여의도에 있으니까 버스 타고 가세요.
（ㄩㄥ.ㄙㄚㄇ.ㄅㄩㄹ.ㄌㄧㄥ.ㄣ.ㄧㄛ.ㄧ.ㄉㄡ.ㄝ.ㄧ.ㄙㄣ.ㄋㄧ.ㄍㄚ.ㄅㄛ.ㄙ.ㄊㄚ.ㄍㄡ.ㄎㄚ.ㄙㄝ.ㄧㄡ↘）
63大廈在汝矣島，所以搭公車去吧。

Ⓐ：여의도 가는 버스 어디에서 타야 하나요？
（ㄧㄛ.ㄧ.ㄉㄡ.ㄎㄚ.ㄋㄣ.ㄅㄛ.ㄙ.ㄛ.ㄉㄧ.ㄝ.ㄙㄛ.ㄊㄚ.ㄧㄚ.ㄏㄚ.ㄋㄚ.ㄧㄡ↗）
去汝矣島的公車該在哪裡搭呢？

[아페] [인]

Ⓑ：저기 앞에 있는 정류장에서 260번 버스 타시면 돼요.
（ㄘㄛ.ㄍㄧ.ㄚ.ㄆㄝ.ㄧㄣ.ㄋㄣ.ㄘㄛㄥ.ㄌㄧㄡ.ㄐㄤ.ㄝ.ㄙㄛ.ㄧ.ㄆㄝㄍ.ㄧㄨ.ㄒㄧㄥ.ㄅㄣ.ㄅㄛ.ㄙ.ㄊㄚ.ㄒㄧ.ㄇㄧㄛㄣ.ㄊㄨㄝ.ㄧㄡ↘）
在那裡前面的公車站，搭260號公車就行。

※ 公車號碼 → 請參考第50頁

T-money卡（交通卡）

　　T-money 卡是韓國的交通卡，等於是台灣的悠遊卡，使用這張卡搭乘首爾地區的捷運與公車，每次可省韓幣一百元，捷運或公車之間轉乘也有優惠。於便利商店、公車站旁的販賣店和各捷運站都買得到，購買之後須加值才能使用。除了公車、捷運以外，貼有 T-money 標示的計程車、商店或觀光景點，也可以使用它來結帳。是背包客必備的東西。

> T-money 카드 한 장 주세요. 我要一張 T-money 卡。
>
> （T-money.ㄎㄚ.ㄉ.ㄏㄢ.ㄐㄤ.ㄘㄨ.ㄙㄝ.ㄧㄡ↘）
>
> 만 원 충전해 주세요. 請幫我加值一萬元。
>
> （ㄇㄢ.ㄨㄣ.ㄔㄨㄥ.ㄐㄛㄣ.ㄏㄝ.ㄘㄨ.ㄙㄝ.ㄧㄡ↘）

버스 2(ㄅㄛ.ㄙ)公車2

다음 정거장에서 내리세요.

(ㄊㄚ.ㄜㄇ.ㄘㄛㄥ.ㄍㄛ.ㄗㄤ.ㄝ.ㄙㄛ.ㄋㄝ.ㄌㄧ.ㄙㄝ.ㄧㄡ↘)

在下一站下車。

把以下片語套進______，開口說說看！

이번 정거장에서
(ㄧ.ㄅㄣ.ㄘㄛㄥ.ㄍㄛ.ㄗㄤ.ㄝ.ㄙㄛ)
在這站

지금
(ㄐㄧ.ㄍㄇ)
現在

[아페]
시청 앞에서
(ㄒㄧ.ㄘㄛㄥ.ㄚ.ㄆㄝ.ㄙㄛ)
在市政府前面

여기에서
(ㄧㄛ.ㄍㄧ.ㄝ.ㄙㄛ)
在這裡

세 정거장 더 가서
(ㄙㄝ.ㄘㄛㄥ.ㄍㄛ.ㄗㄤ.ㄊㄛ.ㄎㄚ.ㄙㄛ)
再過三個站

※ 公車站要用「정거장」
或「정류장」，
捷運或火車站則要用
「역(ㄧㄛㄱ)」

跟韓國人說說看！

Ⓐ：나 (ㄋㄚˊ) 我 / Ⓑ：한국사람 (ㄏㄢˊ.ㄍㄨㄥ.ㄙㄚ.ㄌㄚㄇ) 韓國人

     [여근]   [지긴]

Ⓐ：저기요, 서울역은 아직인가요?
（ㄘㄛ.ㄍㄧ.ㄧㄡ.ㄙㄛ.ㄨㄌ.ㄧㄛ.ㄍㄣ.ㄚ.ㄐㄧ.ㄍㄧㄣ.ㄍㄚ.ㄧㄡˊ）
請問首爾車站還沒到嗎？

     [여기]   [난]

Ⓑ：서울역이요? 이미 지났는데요.
（ㄙㄛ.ㄨㄌ.ㄧㄛ.ㄍㄧ.ㄧㄡˊ.ㄧ.ㄇㄧ.ㄐㄧ.ㄋㄢ.ㄋㄣ.ㄉㄝ.ㄧㄡˋ）
你說首爾車站嗎？已經過了耶。

     [마리]   [떠캐]

Ⓐ：네? 정말이에요? 어머, 어떡해!
（ㄋㄝˊ.ㄘㄛㄥ.ㄇㄚ.ㄌㄧ.ㄝ.ㄧㄡˊ.ㄛ.ㄇㄛ.ㄛ.ㄉㄛ.ㄎㄝ˙）
什麼？是真的嗎？哎呦，怎麼辦！

Ⓑ：걱정하지 말고 이번 정거장에서 내리세요.
（ㄎㄛㄍ.ㄗㄛㄥ.ㄏㄚ.ㄐㄧ.ㄇㄚㄌ.ㄍㄡ.ㄧ.ㄅㄣ.ㄘㄛㄥ.ㄍㄛ.ㄗㄤ.ㄝ.ㄙㄛ.ㄋㄝ.
ㄌㄧ.ㄙㄝ.ㄧㄡˋ）
請不要擔心，在這站下車吧。

   [마 즌 펴 네]   [가튼]   [여게]   [이써]
맞은편에서 같은 번호 버스를 타면 서울역에 갈 수 있어요.
（ㄇㄚ.ㄗㄣ.ㄆㄧㄛ.ㄋㄝ.ㄙㄛ.ㄍㄚ.ㄊㄣ.ㄆㄛㄣ.ㄏㄡ.ㄅㄛ.ㄙ.ㄌㄜ.ㄊㄚ.ㄇㄧㄛㄣ.
ㄙㄛ.ㄨㄌ.ㄧㄛ.ㄍㄝ.ㄍㄚㄌ.ㄙㄨ.ㄧ.ㄙㄛ.ㄧㄡˋ）
在對面搭同號公車就可以到首爾車站。

交通 公車 2

首爾旅遊巴士

    首爾旅遊巴士（Seoul City Tour Bus 서울 시티 투어 버스）是環繞首爾市區主要觀光景點的巴士，非常受外國遊客的歡迎。只要購買一日券就可以依個人的旅遊喜好下車，逛完後回到剛才下車的地方，再上另一班車，繼續前往下一個地點。此外，車上提供語音導覽（個人頭戴式耳機、包含韓、中、英、日四種版本），可以多了解有關該景點的資訊。路線分別為「市區循環路線」、「故宮、清溪路線」、以及「夜間路線」，行前可在官方網站上確認路線、車費、公休日等更多的細節。

    首爾旅遊巴士官方網站：http://cn.seoulcitybus.com/

지하철 (ㄐㄧ.ㄏㄚ.ㄘㄜㄹ) 捷運

目的地 에 가려면 어느

[여게]
역에서 내려 야 하나요?

(□ .ㄝ.ㄎㄚ.ㄌㄧㄛ.ㄇㄧㄜㄣ, ㄛ.ㄋ.ㄧㄛ.《ㄝ.ㄙㄛ.ㄋㄝ.ㄌㄧㄛ.ㄧㄚ.ㄏㄚ.ㄋㄚ.ㄧㄡˊ)

要去 □ ，該 在哪個站下車 呢？

把以下片語套進 □ ，開口說說看！

[쪼게]
어느 쪽에서 타
(ㄛ.ㄋ.ㄗㄨㄛ.《ㄝ.ㄙㄛ.ㄊㄚ)
在哪邊上車

[여게] [가라]
어느 역에서 갈아타
(ㄛ.ㄋ.ㄧㄛ.《ㄝ.ㄙㄛ.ㄎㄚ.ㄌㄚ.ㄊㄚ)
在哪站轉車

[며 토 서 늘]
몇 호선을 타
(ㄇㄧㄛ.ㄊㄡ.ㄙㄛ.ㄋㄌ.ㄊㄚ)
搭（捷運）幾號線

몇 번 출구로 나가
(ㄇㄧㄛㄛ.ㄅㄣ.ㄘㄨㄛ.《ㄨ.ㄌㄡ.ㄋㄚ.《ㄚ)
從幾號出口出去

[떠케]
어떻게 해
(ㄛ.ㄉㄛ.ㄎㄝ.ㄏㄝ)
怎麼做

跟韓國人說說看！

A：나（ㄋㄚ）我 ／ B：한국사람（ㄏㄢ.ㄍㄨㄱ.ㄙㄚ.ㄌㄚㅁ）韓國人

[떠케]
A：여기에서 롯데월드에 가려면 어떻게 해야 하나요？
（ㄧ.ㄍㄧ.ㄝ.ㄙㄛ.ㄌㄛㅅ.ㄉㄝ.ㄨㄛㄹ.ㄉㄜ.ㄝ.ㄎㄚ.ㄌㄧㄛ.ㄇㄧㄢ.ㄛ.ㄉㄛ.ㄎㄝ.ㄏㄝ.ㄧㄚ.ㄏㄚ.ㄋㄚ.ㄧㄡˊ）
從這裡要去「樂天世界」，該怎麼做呢？

[서늘]
B：지하철 2호선을 타고 가세요.
（ㄐㄧ.ㄏㄚ.ㄔㄛㄹ.ㄧ.ㄏㄡ.ㄙㄛㄋ.ㄋㄹ.ㄊㄚ.ㄍㄡ.ㄎㄚ.ㄙㄝ.ㄧㄡˋ）
搭捷運二號線去吧。

[여게]
A：어느 역에서 내려야 하나요？
（ㄛ.ㄋ.ㄧㄛ.ㄍㄝ.ㄙㄛ.ㄋㄝ.ㄌㄧㄛ.ㄧㄚ.ㄏㄚ.ㄋㄚ.ㄧㄡˊ）
該在哪站下車呢？

[여게]
B：잠실 역에서 내리시면 돼요.
（ㄔㄚㅁ.ㄒㄧㄹ.ㄧㄛ.ㄍㄝ.ㄙㄛ.ㄋㄝ.ㄌㄧ.ㄒㄧ.ㄇㄧㄛㄋ.ㄊㄨㄝ.ㄧㄡˋ）
在蠶室站下車就行。

韓國的捷運

　　首爾的捷運四通八達，分別為一至九號線，以及機場線等從首爾通往各周圍城市的路線。基本上，首爾的所有觀光景點都可以經由搭捷運到達。而且捷運不會塞車，只要跟著標誌走也不會迷路，建議完全不懂韓語或第一次去韓國自助旅行的遊客多搭捷運。韓國每一個捷運站售票處都有提供免費的捷運路線圖，或者行前到韓國觀光公社網站上下載也可以。

　　台灣與韓國的捷運最大不同有二點。第一，韓國的捷運可以吃、喝東西，因此在站裡面會看到賣食物的小商店和販賣機。第二，冬天韓國的捷運椅子下面有暖氣，都是溫暖的椅子喔！

　　最後，韓國人對博愛座觀念與台灣有點不同，公車因為會晃來晃去，若沒有年紀大的人站著，是可以先坐下來，等長輩上車讓位就行。但捷運的話，因為比較平穩，大部分的年輕人都會將博愛座空著，不會過去坐。

택시 (ㄊㄝㄱ．ㄒㄧ) 計程車

[A] 으로 / [B] 로 가 주세요.

([A] ㄜ．ㄌㄡ / [B] ㄌㄡ．ㄎㄚ．ㄘㄨ．ㄙㄝ．ㄧㄡ↘)

麻煩到 [ ] 。

把以下片語套進 [ ]，開口說說看！

A

남대문시장
(ㄋㄚㄇ．ㄉㄝ．ㄇㄨㄥ．ㄒㄧ．ㄗㄤ)
南大門市場

A

인천공항
(ㄧㄣ．ㄘㄛㄣ．ㄎㄨㄥ．ㄏㄤ)
仁川機場

B

여기
(ㄧㄛ．ㄍㄧ)
這裡

B

이 주소
(ㄧ．ㄘㄨ．ㄙㄡ)
這個地址

B

무역센터
(ㄇㄨ．ㄧㄛㄱ．ㄙㄝㄥ．ㄊㄛ)
貿易中心

B

하얏트호텔
(ㄏㄚ．ㄧㄚㄷ．ㄊ．ㄏㄡ．ㄊㄝㄹ)
君悅大飯店

跟韓國人說說看！

A：택시 기사（ㄊㄝㄍ・ㄒㄧ・ㄎㄧ・ㄙㄚ）計程車司機 / B：나（ㄋㄚ）我

A：손님, 어디로 모실까요?
（ㄙㄨㄥ・ㄋㄧㅁ・ㄜ・ㄉㄧ・ㄌㄡ・ㄇㄡ・ㄒㄧㄌ・《ㄚ・ㄧㄡˊ）
客人，要送您到哪裡呢？

B：아저씨, 경복궁으로 가 주세요.
（ㄚ・ㄗㄜ・ㄙㄧ・ㄎㄧㄜㄥ・ㄅㄡㄍ・《ㄨㄥ・ㄜ・ㄌㄡ・ㄎㄚ・ㄘㄨ・ㄙㄝ・ㄧㄡˋ）
司機先生，麻煩到景福宮。

[가니]
시간이 얼마나 걸릴까요?
（ㄒㄧ・《ㄚ・ㄋㄧ・ㄜㄌ・ㄇㄚ・ㄋㄚ・ㄎㄜㄌ・ㄌㄧㄌ・《ㄚ・ㄧㄡˊ）
需要多久時間呢？

[껌]
A：20분 정도 걸릴 겁니다.
（ㄧ・ㄒㄧㅂ・ㄅㄨㄣ・ㄘㄜㄥ・ㄉㄡ・ㄎㄜㄌ・ㄌㄧㄌ・《ㄜㅁ・ㄋㄧ・ㄉㄚˋ）
大概需要二十分鐘左右。

※ 時間 → 請參考第20頁

韓國的計程車

　　韓國的計程車大致有二種，分別為一般計程車（銀色）和模範計程車（黑色）。所謂的模範計程車是有十年以上的駕駛經驗、未發生過重大事故、並受過特別訓練的駕駛才能開的。模範計程車司機可以通英文、服務品質良好、車輛也較寬敞舒適，因此起跳價比一般計程車貴一些。若需要大型計程車（七人座），因為一般在路上比較難叫到，建議事先請飯店櫃檯幫您預約。

　　首爾很多計程車都有提供「免費語音翻譯服務」，當您跟司機溝通不良需要翻譯時，司機會打電話到翻譯服務中心，請他們把中文翻譯給您聽。您也可以親自打下面的電話號碼請求幫忙。

免費翻譯中心：080-840-0509
首爾諮詢熱線：120
韓國觀光公社的熱線電話：1330

價錢說法

韓文唸數字的方法分為二種，一種是來自漢字的說法，另一種是用純粹韓文的說法。當您買東西時，要提到數量，就要用我們之前學的「純韓文數字（本書第20頁）」。但價錢的部分，則要講「漢字音數字」如下。

多少錢 元＝ 多少錢 원（ㄨㄣ）

1	일（一ㄹ）	11	십일（ㄒ一ㅂ．一ㄹ）
2	이（一）	12	십이（ㄒ一ㅂ．一）
3	삼（ㄙㄚㅁ）	13	십삼（ㄒ一ㅂ．ㄙㄚㅁ）
4	사（ㄙㄚ）	14	십사（ㄒ一ㅂ．ㄙㄚ）
5	오（ㄡ）	⋮	⋮
6	육（一ㄨㄱ）	20	이십（一．ㄒ一ㅂ）
7	칠（ㄑ一ㄹ）	30	삼십（ㄙㄚㅁ．ㄒ一ㅂ）
8	팔（ㄆㄚㄹ）	40	사십（ㄙㄚ．ㄒ一ㅂ）
9	구（ㄎㄨ）	⋮	⋮
10	십（ㄒ一ㅂ）	100	백（ㄆㄝㄱ）

1	일（一ㄹ）
10	십（ㄒ一ㅂ）
100	백（ㄆㄝㄱ）
1,000	천（ㄘㄛㄣ）
10,000	만（ㄇㄢ）

※ 注意！韓文跟中文不一樣，唸數字10、100、1,000、10,000時，前面不用加「一」，直接唸「十、百、千、萬」就好，價錢中間的零也不用唸出來。

【例】15,000 원（ㄇㄢ．ㄡ．ㄘㄛㄣ．ㄨㄣ）
10,500 원（ㄇㄢ．ㄡ．ㄆㄝㄱ．ㄨㄣ）

實用韓語教室

[나만]

目的地 까지 몇 정거장 남았나요?

(□ . ㄍㄚ . ㄐㄧ . ㄇㄛㄷ . ㄘㄥ . ㄍㄛ . ㄗㅈ . ㄋㄚ . ㄇㄢ . ㄋㄚ . ㄧㄡ↗)

到□還有幾站呢？（在公車）

[차카]   [게써]

目的地 에 도착하면 알려 주시겠어요?

(□ . ㄝ . ㄊㄡ . ㄘㄚ . ㄎㄚ . ㄇㄧㄛㄴ . ㄚㄌ . ㄌㄧㄛ . ㄘㄨ . ㄒㄧ . ㄍㄝ . ㄙㄛ . ㄧㄡ↗)

到了□請告訴我，好嗎？

좀 지나갈게요.

(ㄘㄨㅁ . ㄐㄧ . ㄋㄚ . ㄍㄚㄌ . ㄍㄝ . ㄧㄡ↘)

借過一下。

[여러]   [게써]

트렁크 좀 열어 주시겠어요?

(ㄊ . ㄌㄥ . ㄎ . ㄘㄨㅁ . ㄧㄛ . ㄌㄛ . ㄘㄨ . ㄒㄧ . ㄍㄝ . ㄙㄛ . ㄧㄡ↗)

可以幫我開後車廂嗎？（搭計程車時）

여기에 세워 주세요.

(ㄧㄛ . ㄍㄧ . ㄝ . ㄙㄝ . ㄨㄛ . ㄘㄨ . ㄙㄝ . ㄧㄡ↘)

請在這裡停車。

[아페]

저기 신호등 앞에 세워 주세요.

(ㄘㄛ . ㄍㄧ . ㄒㄧㄣ . ㄏㄡ . ㄉㅇ . ㄚ . ㄆㄝ . ㄙㄝ . ㄨㄛ . ㄘㄨ . ㄙㄝ . ㄧㄡ↘)

請在那裡的紅綠燈前停車。

[가라]

타는 곳 / 갈아타는 곳 / 나가는 곳 / 1번 출구 / 노약자석

(ㄊㄚ . ㄋㄣ . ㄎㄡㄷ / ㄎㄚ . ㄌㄚ . ㄊㄚ . ㄋㄣ . ㄎㄡㄷ / ㄋㄚ . ㄍㄚ . ㄋㄣ . ㄎㄡㄷ /

ㄧㄌ . ㄅㄣ . ㄘㄨㄌ . ㄍㄨ / ㄋㄡ . ㄧㄚㄱ . ㄗㄚ . ㄙㄛㄱ)

乘車處 / 換車處 / 出口 / 1號出口 / 博愛座 （在捷運站會看到的標誌）

交通
價錢說法‧實用韓語教室

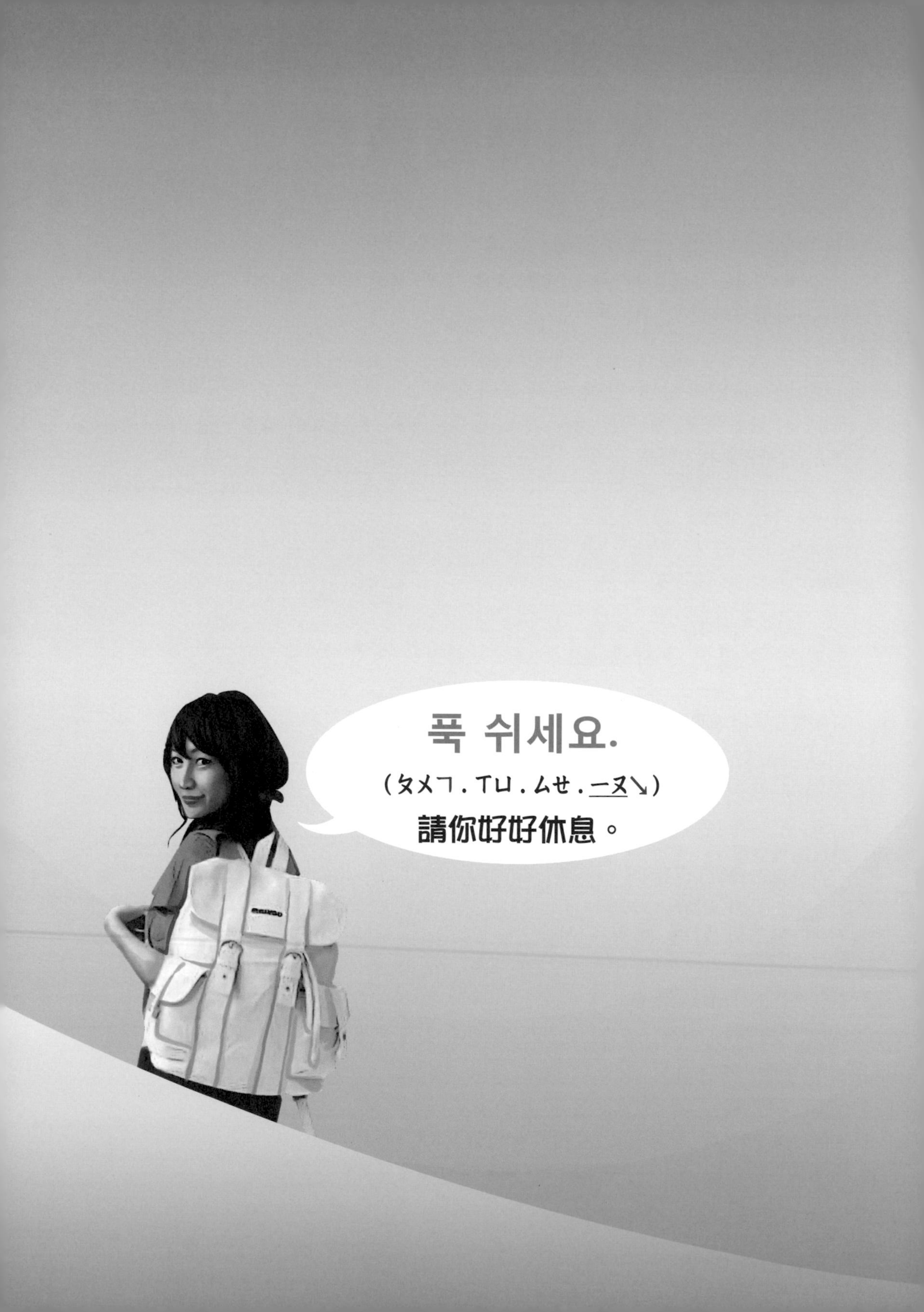
푹 쉬세요.
(ㄆㄨㄱ . ㄒㄩ . ㄙㄝ . ㄧㄡ↘)
請你好好休息。

STEP 4.
숙박
(ㄙㄨㄱ.ㄅㄚㄱ)
住宿

- 체크인1 辦理住宿1
- 체크인2 辦理住宿2
- 안내 데스크 = 프런트 櫃台
- 호텔 서비스 客房服務
- 체크아웃 辦理退房

저는 대만 에서 온
진미혜라고 합니다.
[함]

(ㄘㄛ.ㄋㄣ. ㄊㄝ.ㄇㄢ .ㄝ.ㄙㄛ.ㄡㄥ.ㄐㄧㄥ.ㄇㄧ.ㄏㄝ.ㄌㄚ.ㄍㄡ.
ㄏㄚㄇ.ㄋㄧ.ㄉㄚ↘)

我來自 台灣 ，叫做陳美惠。

把以下片語套進 ▢ ，開口說說看！

타이페이 (ㄊㄚ.ㄧ.ㄆㄝ.ㄧ) 台北＝타이베이	○○대학교 (ㄊㄝ.ㄏㄚㄍ.ㄍㄧㄡ) ○○大學	○○회사 (ㄏㄨㄝ.ㄙㄚ) ○○公司
미국 (ㄇㄧ.ㄍㄨㄍ) 美國	일본 (ㄧㄹ.ㄅㄛㄥ) 日本	캐나다 (ㄎㄝ.ㄋㄚ.ㄉㄚ) 加拿大

跟韓國人說說看！

Ａ：나（ㄋㄚ）我 ／ Ｂ：호텔직원（ㄏㄡ.ㄊㄝㄌ.ㄐㄧ.ㄍㄨㄣ）飯店職員

Ａ：체크인 하려고 하는데요.
（ㄘㄝ.ㄎ.ㄧㄣ.ㄏㄚ.ㄌㄧㄛ.ㄍㄡ.ㄏㄚ.ㄋㄣ.ㄉㄝ.ㄧㄡˋ）
我要辦理住宿。

[야카]　[씀]
Ｂ：예약하셨습니까？
（ㄧㄝ.ㄧㄚ.ㄎㄚ.ㄕㄛ.ㄙㄇ.ㄋㄧ.ㄍㄚˊ）
請問您訂房了嗎？

[네스]　　　[야 캐 씀]
Ａ：네, 인터넷으로 예약했습니다.
（ㄋㄝ.ㄧㄣ.ㄊㄛ.ㄋㄝ.ㄙ.ㄌㄡ.ㄧㄝ.ㄧㄚ.ㄎㄝ.ㄙㄇ.ㄋㄧ.ㄉㄚˋ）
是，我在網路上訂房了。

[함]
저는 대만에서 온 진미혜라고 합니다.
（ㄘㄛ.ㄋㄣ.ㄊㄝ.ㄇㄢ.ㄝ.ㄙㄛ.ㄡㄥ.ㄐㄧㄣ.ㄇㄧ.ㄏㄝ.ㄌㄚ.ㄍㄡ.ㄏㄚㄇ.ㄋㄧ.ㄉㄚˋ）
我來自台灣，叫做陳美惠。

[화긴]
Ｂ：확인해 볼테니 잠시만 기다리세요.
（ㄏㄨㄚ.ㄍㄧㄥ.ㄏㄝ.ㄅㄡㄌ.ㄊㄝ.ㄋㄧ.ㄘㄚㄇ.ㄒㄧ.ㄇㄢ.ㄎㄧ.ㄉㄚ.ㄌㄧ.ㄙㄝ.ㄧㄡˋ）
我會確認一下，請稍等。

韓國的住宿

　　旅遊時在住宿方面的要求和預算會因人而不同，您下次去韓國想住哪種呢？

飯店（호텔）：分為五個等級，注重住宿品質或跟團的旅客比較會挑選此項。

商業公寓（레지던스）：平價又舒適的住宿環境，每間房間備有小廚房、浴室為淋浴式，每二至三天整理房間一次。

民宿（민박）：也稱「Guest House」，大多是由一般住宅改建的。住宿費低，設備也不錯，背包客的最愛。

Homestay（홈스테이）：住韓國一般家庭，是體驗韓國文化、認識韓國朋友的最佳機會。（官方網站：http://www.homestaykorea.com/）

※ 更多的中低價住宿情報，請上http://innostel.visitseoul.net/cn2/

체크인 2（ㄘㄝ.ㄎ.ㄧㄣ）辦理住宿2

[조]

전망이 좋은 방 으로 주세요.

（ㄘㄛㄣ.ㄇㄤ.ㄧ.ㄘㄡ.ㄣ.ㄆㄤ.ㄜ.ㄌㄡ.ㄘㄨ.ㄙㄝ.ㄧㄡ↘）

請給我 景觀好的房間 。

把以下片語套進＿＿＿，開口說說看！

바다가 보이는 방
（ㄆㄚ.ㄉㄚ.ㄍㄚ.ㄆㄡ.ㄧ.ㄋㄣ.ㄆㄤ）
看得到海的房間

조용한 방
（ㄘㄡ.ㄩㄥ.ㄏㄢ.ㄆㄤ）
安靜的房間

싱글룸
（ㄒㄧㆁ.ㄍㄹ.ㄌㄨㄇ）
單人房

온돌방
（ㄡㄥ.ㄉㄡㄹ.ㄆㄤ）
暖炕房（韓式、沒有床）

더블룸
（ㄉㄛ.ㄅㄹ.ㄌㄨㄇ）
雙人房（一張雙人床）

트윈룸
（ㄊ.ㄩㄣ.ㄌㄨㄇ）
雙人房（二張單人床）

跟韓國人說說看！

A：호텔직원（ㄏㄡ.ㄊㄝㄹ.ㄐㄧ.ㄍㄨㄣ）飯店職員 / **B**：나（ㄋㄚ）我

[심]
A：손님, 어떤 방을 원하십니까?
（ㄙㄨㄥ.ㄋㄧㅁ.ㄛ.ㄉㄣ.ㄆㄤ.ㄹㄜ.ㄨㄣ.ㄏㄚ.ㄒㄧㅁ.ㄋㄧ.ㄍㄚˊ）
客人，您想要什麼樣的房間呢？

B：트윈룸으로 주세요.
（ㄊ.ㄩㄣ.ㄌㄨㅁ.ㄜ.ㄌㄡ.ㄓㄨ.ㄙㄝ.ㄧㄡˋ）
請給我雙人房（二張單人床）。

[무글]　　　　[심]
A：얼마 동안 묵을 예정이십니까?
（ㄛㄹ.ㄇㄚ.ㄉㄨㄥ.ㄋ.ㄇㄨ.ㄍㄹ.ㄧㄝ.ㄗㄥ.ㄧ.ㄒㄧㅁ.ㄋㄧ.ㄍㄚˊ）
您預計住幾天呢？

[이료]　　　　　　[무글] [겸]
B：일요일까지 삼 일간 묵을 겁니다.
（ㄧ.ㄌㄧㄡ.ㄧㄹ.ㄍㄚ.ㄐㄧ.ㄙㄚㅁ.ㄧㄹ.ㄍㄢ.ㄇㄨ.ㄍㄹ.ㄍㅓㅁ.ㄋㄧ.ㄉㄚˋ）
到星期天，要住三天。

[임]　　　　　　　　　[씀]
A：1004호실입니다. 키 여기 있습니다.
（ㄑㄧㄢ.ㄙㄚ.ㄏㄡ.ㄒㄧㄹ.ㄧㅁ.ㄋㄧ.ㄉㄚˋ∥ㄎㄧ.ㄧㄛ.ㄍㄧ.ㄧ.ㄙㅁ.ㄋㄧ.ㄉㄚˋ）
是1004號房間。房間鑰匙在這裡。

※ 星期 → 請參考第64頁 / 房間號碼 → 請參考第50頁

暖炕房

　　暖炕房指的是沒床、有暖炕設備的韓式房間。
　　暖炕是韓國獨有的冬季取暖方式，也就是韓式房屋最大的特色。原本傳統方式是利用廚房或屋外設置的灶爐燒柴產生的熱氣、通過房屋底下的管道而烘暖整個房間。後來西式房屋普遍化，暖炕也演變成在房間下面埋著管子讓熱水流過的方式。現在韓國一般家庭都有這樣的設備。寒冷的冬天睡在暖炕上，十分溫暖又舒服，加上可以讓全身的血液循環變好，只要習慣就會上癮。冬天去韓國玩，強烈推薦您住住看暖炕房！
　　另外，因為韓國冬天暖氣開得都很強，室內非常乾燥，皮膚就會容易搔癢。建議多擦一些身體乳液，多喝水，睡覺前把毛巾沾濕掛在椅子上，可增加室內水分。

이 근처에 A이 / B가 [인] 있나요?

(ㄧ.ㄎㄣ.ㄘㄛ.ㄝ.A ㄧ/B ㄍㄚ.ㄧㄣ.ㄋㄚ.ㄧㄡ↗)

這裡附近有 ______ 嗎？

把以下片語套進 ______，開口說說看！

A

[펴니]
편의점
(ㄆㄧㄛ.ㄋㄧ.ㄗㄛㄇ)
便利商店

A

슈퍼마켓
(ㄕㄨ.ㄆㄛ.ㄇㄚ.ㄎㄝㄷ)
超級市場

A

버스 정류장
(ㄅㄛ.ㄙ.ㄘㄛㄥ.ㄌㄧㄨ.ㄗㄤ)
公車站

A

약국
(ㄧㄚㄱ.ㄍㄨㄱ)
藥局

A

지하철역
(ㄐㄧ.ㄏㄚ.ㄘㄛㄹ.ㄧㄛㄱ)
捷運站

B

공중전화
(ㄎㄨㄥ.ㄗㄨㄥ.ㄘㄛㄣ.ㄏㄨㄚ)
公共電話

跟韓國人說說看!

A：나 (ㄋㄚ) 我 / B：호텔직원 (ㄏㄡ.ㄊㄝㄌ.ㄐㄧ.ㄍㄨㄣ) 飯店職員

A：저기요, 아침식사는 어디에서 해야 하나요?
（ㄘㄛ.ㄧㄍㄧ.ㄧㄡ.ㄚ.ㄑㄧㄇ.ㄒㄧㄍ.ㄙㄚ.ㄋㄣ.ㄛ.ㄉㄧ.ㄝ.ㄙㄛ.ㄏㄝ.ㄧㄚ.ㄏㄚ.ㄋㄚ.ㄧㄡˊ）
請問早餐該在哪裡用餐呢？

B：2층에 있는 식당에서 하시면 됩니다.
（ㄧ.ㄔㄥ.ㄝ.ㄧㄣ.ㄋㄣ.ㄒㄧㄍ.ㄉㄤ.ㄝ.ㄙㄛ.ㄏㄚ.ㄒㄧ.ㄇㄧㄡㄣ.ㄊㄨㄝㄛ.ㄋㄧ.ㄉㄚˋ）
在二樓的餐廳用餐。

A：아, 그리고 이 근처에 공중전화가 있나요?
（ㄚ.ㄎㄣ.ㄉㄧ.ㄍㄡ.ㄧ.ㄎㄣ.ㄔㄛ.ㄝ.ㄎㄨㄥ.ㄗㄨㄥ.ㄔㄛㄣ.ㄏㄨㄚ.ㄍㄚ.ㄧㄣ.ㄋㄚ.ㄧㄡˊ）
對了，還有這裡附近有公共電話嗎？

B：네, 호텔 1층 로비에 있습니다.
（ㄋㄝ.ㄏㄡ.ㄊㄝㄌ.ㄧㄌ.ㄔㄥ.ㄌㄡ.ㄅㄧ.ㄝ.ㄧ.ㄙㅁ.ㄋㄧ.ㄉㄚˋ）
有，就在飯店一樓大廳。

※ 幾層樓 → 請參考第50頁

住宿小Tip

　　韓國政府一向大力推行環保，因此很多飯店和其他住宿都不供應牙刷、牙膏、拖鞋、香皂、洗髮精或沐浴乳等清潔用品。所以，建議行前跟飯店或旅行社確認這點再準備行李，或是直接自備牙刷、牙膏和簡單的清潔用品。

　　無論是飯店還是民宿，大部分的住宿都有提供有關旅遊資訊的小冊子或傳單，通常在辦理住宿的櫃檯或大廳可免費索取。包括各種表演的地點和時間表，一日遊或半日遊的介紹，購物和美食方面的資訊……等，住宿的第一天多拿一些來參考，對安排接下來的行程絕對會有幫助喔！

　　此外，住飯店時，房間整理、提行李、客房服務等都需要支付小費 (팁ㄊㄧㅂ)，基本上是韓幣二千元，請給予紙鈔以示禮貌。

호텔 서비스 (ㄏㄡ.ㄊㄝㄌ.ㄙㄛ.ㄅㄧ.ㄙ) 客房服務

모닝콜 좀 부탁드^[림]니다.

(ㄇㄡ.ㄋㄧㅇ.ㄎㄡㄹ.ㄘㄡㅁ.ㄆㄨ.ㄊㄚㄱ.ㄉ.ㄌㄧㅁ.ㄋㄧ.ㄉㄚˋ)

請幫我 （安排）Morning Call 。

把以下片語套進 ☐☐☐ ，開口說說看！

방 청소	중국어 통역 ^[구거]	룸 서비스
(ㄆㄤ.ㄘㄥ.ㄙㄡ)	(ㄘㄨㄥ.ㄍㄨ.ㄍㄛ.ㄊㄨㄥ.ㄧㄛㄱ)	(ㄌㄨㅁ.ㄙㄛ.ㄅㄧ.ㄙ)
打掃房間	中文翻譯	（安排）送餐服務

205호실	식당 예약	비행기표 예매
(ㄧ.ㄆㄟㄱ.ㄡ.ㄏㄡ.ㄒㄧㄹ)	(ㄒㄧㄱ.ㄉㄤ.ㄧㄝ.ㄧㄚㄱ)	(ㄆㄧ.ㄏㄝㅇ.ㄍㄧ.ㄆㄧㄡ.ㄧㄝ.ㄇㄝ)
（接）205號房間	預約餐廳	預購機票＝항공권 예매

跟韓國人說說看！

A：나 (ㄋㄚ) 我 ／ B：호텔직원 (ㄏㄨ.ㄊㄝㄹ.ㄐㄧ.ㄍㄨㄣ) 飯店職員

A：여보세요, 여기 1004호실인데요.
（ㄧㆆ.ㄅㄡ.ㄙㄝ.ㄧㄡˊ.ㄧㆆ.ㄍㄧ.ㄑㄛㄣ.ㄙㄚ.ㄏㄡ.ㄒㄧㄥ.ㄧㄣ.ㄉㄝ.ㄧㄡˋ）
喂，這裡是1004號房間。

B：네, 무엇을 도와 드릴까요? [어슬]
（ㄋㄝ.ㄇㄨ.ㆆ.ㄙㄹ.ㄊㄛㄨ.ㄨㄚ.ㄊ.ㄌㄧㄌ.ㄍㄚ.ㄧㄡˊ）
是的，需要什麼服務嗎？

A：내일 아침 7시에 모닝콜 좀 부탁드립니다. [림]
（ㄋㄝ.ㄧㄌ.ㄚ.ㄑㄧㅁ.ㄧㄌ.ㄍㄡㅂ.ㄒㄧ.ㄝ.ㄇㄡ.ㄋ-ㄥ.ㄎㄡㄌ.ㄘㄡㅁ.ㄆㄨ.ㄊㄚㄍ.
ㄉ.ㄌㄧㅁ.ㄋㄧ.ㄉㄚˋ）
明天早上七點，請幫我安排Morning Call。

그리고 공항까지 갈 택시도 좀 불러 주세요.
（ㄎ.ㄌㄧ.ㄍㄡ.ㄎㄨㄥ.ㄏㄤ.ㄍㄚ.ㄐㄧ.ㄎㄚㄌ.ㄊㄝㄍ.ㄒㄧ.ㄉㄡ.ㄘㄡㅁ.ㄆㄨㄌ.ㄌㄛ.
ㄘㄨ.ㄙㄝ.ㄧㄡˋ）
還有，請幫我叫計程車到機場。

※ 房間號碼 → 請參考第50頁 ／ 時間 → 請參考第20頁

星遊韓國Q&A

在飯店遇到麻煩時 1

방 안에 A이 ／ B가 없는데요.　房間裡沒有 ☐ 。

A：물 ／ 수건 ／ 목욕 타월 ／ 치약 ／ 칫솔（水 ／ 毛巾 ／ 浴巾 ／ 牙膏 ／ 牙刷）
B：휴지 ／ 비누 ／ 샴푸 ／ 드라이기（衛生紙 ／ 香皂 ／ 洗髮精 ／ 吹風機）

A이 ／ B가 고장났는데요.　☐ 壞了。

A：텔레비전 ／ 에어컨 ／ 리모컨（電視 ／ 冷氣 ／ 遙控器）
B：히터 ／ 변기 ／ 수도꼭지 ／ 전화（暖氣 ／ 馬桶 ／ 水龍頭 ／ 電話）

방이 너무 ☐ .　房間太 ☐ 了。

추워요 ／ 더워요 ／ 더러워요（冷 ／ 熱 ／ 髒）

체크아웃 (ㄘㄝ.ㄎ.ㄚ.ㄨㄜ) 辦理退房

세금 포함해서

[임]

30만 원입니다.

(ㄙㄝ.ㄍ�17.ㄆㄡ.ㄏㄚㄇ.ㄏㄝ.ㄙㄛ.ㄙㄚㄇ.ㄒㄧㄅ.ㄇㄢ.ㄨㄣ.ㄧㄇ.ㄋㄧ.ㄉㄚˋ)

含 稅 是三十萬元。

把以下片語套進 ⬜ ，開口說說看！

봉사료
(ㄆㄨㄥ.ㄙㄚ.ㄌㄧㄡ)
服務費

인터넷 사용료
(ㄧㄣ.ㄊㄜ.ㄋㄝㄉ.ㄙㄚ.ㄩㄥ.ㄌㄧㄡ)
使用網路費

전화 요금
(ㄘㄛㄣ.ㄏㄨㄚ.ㄧㄡ.ㄍㄇ)
電話費

세탁비
(ㄙㄝ.ㄊㄚㄍ.ㄅㄧ)
洗衣費

냉장고 안 음료수 값
(ㄋㄝ0.ㄗㄤ.ㄍㄡㄅ.ㄢ.ㄜㄇ.ㄌㄧㄡ.ㄙㄨ.ㄎㄚㄅ)
冰箱裡飲料的價錢

跟韓國人說說看！

Ａ：나 (ㄋㄚ) 我 / Ｂ：호텔직원 (ㄏㅗ．ㄊㄝㄌ．ㄐㄧ．ㄍㄨㄣ) 飯店職員

Ａ：체크아웃 하려고 하는데요.
(ㄘㄝ．ㄎㄚ．ㄨㄛ．ㄏㄚ．ㄌㄧㄛ．ㄍㄡ．ㄏㄚ．ㄋㄣ．ㄅㄝ．ㄧㄡˋ)
我要辦理退房。

- -

Ｂ：[며토] 몇 호실이[심]십니까?
(ㄇㄧㄛ．ㄊㄡ．ㄒㄧㄌ．ㄧ．ㄒㄧㅁ．ㄋㄧ．ㄍㄚˊ)
請問幾號房間？

住宿 辦理退房

- -

Ａ：908호실[임]입니다.
(ㄎㄨ．ㄆㄝㄍ．ㄆㄚㄌ．ㄏㄡ．ㄒㄧㄌ．ㄧㅁ．ㄋㄧ．ㄉㄚˋ)
908號。

- -

Ｂ：3일 숙박료는 세금 포함해서 45만 원[임]입니다.
(ㄙㄚㅁ．ㄧㄌ．ㄙㄨㄍ．ㄅㄚㄍ．ㄌㄧㄡ．ㄋㄣ．ㄙㄝ．ㄍㅁ．ㄆㄡ．ㄏㄚㅁ．ㄏㄝ．ㄙㄛ．ㄙㄚ．
ㄒㄧㅂ．ㄡ．ㄇㄢ．ㄨㄣ．ㄧㅁ．ㄋㄧ．ㄉㄚˋ)
三天住宿費，含稅是四十五萬元。

저희 [테를] 호텔을 이용해 주셔서 감사[함]합니다.
(ㄘㄛ．ㄏㄧ．ㄏㄡ．ㄊㄝ．ㄌㄌ．ㄧ．ㄩㄥ．ㄏㄝ．ㄘㄨ．ㄕㄛ．ㄙㄛ．ㄍㄚㅁ．ㄙㄚ．ㄏㄚㅁ．ㄋㄧ．ㄉㄚˋ)
謝謝您光臨我們飯店。

在飯店遇到麻煩時2

옆방이 너무 시끄러워요 . 隔壁房間太吵了。
뜨거운 물이 안 나와요 . 沒有熱水出來。
화장실 배수관이 막혔어요 . 廁所水管塞住了。

등이 안 켜져요 . 燈無法打開。
문이 안 잠거요 . 門沒辦法鎖。

키를 방에 놓고 나왔어요 . 我把鑰匙忘在房間裡了。
방을 바꾸고 싶어요 . 我想換房間。

星期幾 & 日期說法

★ 요일（ㄧㄡ．ㄧㄹ）星期幾

韓文跟日文一樣，用日月星辰來區別星期幾

月	[워료] 월요일 （星期一）	（ㄨㄛ．ㄌㄧㄡ．ㄧㄹ）
火	화요일 （星期二）	（ㄏㄨㄚ．ㄧㄡ．ㄧㄹ）
水	수요일 （星期三）	（ㄙㄨ．ㄧㄡ．ㄧㄹ）
木	[모교] 목요일 （星期四）	（ㄇㄡ．ㄍㄧㄡ．ㄧㄹ）
金	[그묘] 금요일 （星期五）	（ㄎ．ㄇㄧㄡ．ㄧㄹ）
土	토요일 （星期六）	（ㄊㄡ．ㄧㄡ．ㄧㄹ）
日	[이료] 일요일 （星期天）	（ㄧ．ㄌㄧㄡ．ㄧㄹ）

★ 날짜（ㄋㄚㄹ．ㄗㄚ）日期

要照「漢字音數字」唸。（請參考第50頁）

唸年度時，數字不能分開唸，中間的零都不要唸出來，後方加「년（年）」。

【例】2010年 → 이천십 년（ㄧ．ㄘㄛㄣ．ㄒㄧㅂ．ㄋㄧㄛㄣ）

唸月時，數字後方加「월（月）」就行，但六月和十月是例外如下。

【例】6月 → 유 월（ㄧㄨ．ㄨㄛㄹ）/ 10月→ 시 월（ㄒㄧ．ㄨㄛㄹ）

唸日時，數字後方加「일（日）」這個字即可。

【例】19日 → 십구 일（ㄒㄧㅂ．ㄎㄨ．ㄧㄹ）

實用韓語教室

하루 숙박료는 얼마예요?

(ㄏㄚ.ㄌㄨ.ㄙㄨㄱ.ㄅㄚㄱ.ㄌ<u>一</u>ㄡ.ㄋㄣ.ㄛㄹ.ㄇㄚ.<u>一</u>ㄝ.<u>一</u>ㄡ↗)

一天住宿費多少錢？

아침식사는 제공되나요?

(ㄚ.ㄑ一ㅁ.ㄒ一ㄱ.ㄙㄚ.ㄋㄣ.ㄘㄝ.ㄍㄨㄥ.ㄊㄨㄝ.ㄋㄚ.<u>一</u>ㄡ↗)

有提供早餐嗎？

[임]

아침식사는 몇 시부터 몇 시까지입니까?

(ㄚ.ㄑ一ㅁ.ㄒ一ㄱ.ㄙㄚ.ㄋㄣ.ㄇ<u>一ㄛ</u>ㄷ.ㄒ一.ㄆㄨ.ㄊㄛ.ㄇ<u>一ㄛ</u>ㄷ.ㄒ一.ㄍㄚ.ㄐ一.
<u>一</u>ㅁ.ㄋ一.ㄍㄚ↗)

早餐時間是幾點到幾點？

[시픈]

하루 더 묵고 싶은데요.

(ㄏㄚ.ㄌㄨ.ㄊㄛ.ㄇㄨㄱ.ㄍㄡ.ㄒ一.ㄆㄣ.ㄅㄝ.<u>一</u>ㄡ↘)

我想要多住一天。

[우슨]

체크아웃은 몇 시까지 해야 하나요?

(ㄘㄝ.ㄎ.ㄚ.ㄨ.ㄙㄣ.ㄇ<u>一ㄛ</u>ㄷ.ㄒ一.ㄍㄚ.ㄐ一.ㄏㄝ.<u>一</u>ㄚ.ㄏㄚ.ㄋㄚ.<u>一</u>ㄡ↗)

辦理退房該幾點前要辦好呢？

제 짐 좀 보관해 주세요.

(ㄘㄝ.ㄐ一ㅁ.ㄘㄡㅁ.ㄆㄡ.ㄍㄨㄢ.ㄏㄝ.ㄘㄨ.ㄙㄝ.<u>一</u>ㄡ↘)

麻煩幫我保管行李。

[차즈]   [쏨]

|時間| 시에 찾으러 오겠습니다.

(□.ㄒ一.ㄝ.ㄔㄚ.ㄗ.ㄛㄡ.ㄍㄝ.ㄙㅁ.ㄋ一.ㄌㄚ↘)

我會在 □ 點來拿。

※ 時間說法請參考第20頁

[마 시 써]

너무 맛있어요.

(ㄋㄜ.ㄇㄨ.ㄇㄚ.ㄒㄧ.ㄙㄜ.ㄧㄡˋ)

太好吃了。

STEP 5.

식사

(ㄒㄧㄱ.ㄙㄚ)

用餐

- 식당 정하기 決定餐廳
- 주문하기 點菜1~4
- 식사 중 用餐中1~4
- 밥 사기 請客
- 계산하기 結帳

식당 정하기 (ㄒㄧㄱ．ㄉㄤ．ㄘㄛㄥ．ㄏㄚ．ㄍㄧ) 決定餐廳

저는 [A]을/[B]를 [조] 좋아해요.

(ㄘㄛ．ㄋㄣ．[A]ㄜㄹ/[B]ㄌㄹ．ㄘㄡ．ㄚ．ㄏㄝ．ㄧㄡ↘)

我喜歡[ ]。

把以下片語套進[ ]，開口說說看！

A 한국 음식 (ㄏㄢ．ㄍㄨㄱ．ㄜㅁ．ㄒㄧㄱ) 韓國菜＝한식	A 중국 음식 (ㄘㄨㄥ．ㄍㄨㄱ．ㄜㅁ．ㄒㄧㄱ) 中國菜＝중식	A 매운 음식 (ㄇㄝ．ㄨㄣ．ㄜㅁ．ㄒㄧㄱ) 辣的食物
A 돌솥비빔밥 (ㄊㄡㄹ．ㄙㄡㄷ．ㄆㄧ．ㄅㄧㅁ．ㄅㄚㅂ) 石鍋拌飯	B 갈비 (ㄎㄚㄹ．ㄅㄧ) 韓式碳烤烤肉	B [보끼] 떡볶이 (ㄉㄛㄱ．ㄅㄡ．ㄍㄧ) 辣炒年糕

跟韓國人說說看！

Ⓐ：나（ㄋㄚ）我 ／ Ⓑ：친구（ㄑㄧㄣ.ㄍㄨ）朋友

Ⓐ：배고파요. 우리 식사하러 가요.
（ㄆㄝ.ㄍㄡ.ㄆㄚ.ㄧㄡˋ∥ㄨ.ㄌㄧ.ㄒㄧㄱ.ㄙㄚ.ㄏㄚ.ㄌㄜ.ㄎㄚ.ㄧㄡˋ）
肚子餓了。我們去用餐吧。

[머그]
Ⓑ：그래요. 뭐 먹으러 갈까요?
（ㄎ.ㄌㄝ.ㄧㄡˋ∥ㄇㄨㄛ.ㄇㄜ.ㄍ.ㄎㄚㄌ.ㄎㄚ.ㄧㄡˊ）
好啊。要去吃什麼呢？

[시글] [조]
미혜 씨는 무슨 음식을 좋아해요?
（ㄇㄧ.ㄏㄝ.ㄙㄧ.ㄋㄣ.ㄇㄨ.ㄙㄣ.ㄜㄇ.ㄒㄧ.ㄍㄹ.ㄘㄡ.ㄚ.ㄏㄝ.ㄧㄡˊ）
美惠小姐，妳喜歡吃什麼？

[조]
Ⓐ：저는 매운 음식을 아주 좋아해요.
（ㄘㄜ.ㄋㄣ.ㄇㄝ.ㄨㄣ.ㄜㄇ.ㄒㄧ.ㄍㄹ.ㄚ.ㄗㄨ.ㄘㄡ.ㄚ.ㄏㄝ.ㄧㄡˋ）
我很喜歡辣的食物。

[머그]
Ⓑ：그럼 우리 닭갈비 먹으러 갈까요?
（ㄎ.ㄌㄜㄇ.ㄨ.ㄌㄧ.ㄊㄚㄍ.ㄍㄚㄌ.ㄅㄧ.ㄇㄜ.ㄍ.ㄜ.ㄎㄚㄌ.ㄎㄚ.ㄧㄡˊ）
那麼我們要不要去吃辣炒雞排呢？

用餐小Tip

　　韓國人用餐時，餐桌上除了一、二道主菜外，還會有幾樣小菜（반찬 ㄆㄢ.ㄘㄢ）。所謂的泡菜（김치 ㄎㄧㄇ.ㄑㄧ），也算是小菜之一。韓式料理餐廳通常都無限量供應小菜，吃完了可以請店員添加。

　　另外，在韓國用餐時，一手捧著碗、以碗就口的姿勢是沒禮貌的行為，這點跟台灣的習慣剛好相反。除了特別的情況，例如要喝最後一口湯而暫時拿起碗之外，基本上要把碗放在桌上吃。而且，大部分會用湯匙吃飯和喝湯，用筷子挾菜，所以不管吃什麼韓國料理，桌上都會先擺好湯匙和筷子。因為韓國的湯匙和筷子長相都是長長扁扁的，而且多為鐵製，稍微有點重量，很多台灣遊客覺得不太好用，所以若要到韓國旅遊，不妨在行李中順便帶一雙台灣的竹筷子。

주문하기 1 (ㄊㄨ.ㄇㄨㄣ.ㄏㄚ.ㄍㄧ) 點菜1

[지븐]
이 집은 삼계탕이

유명해요.

(ㄧ.ㄐㄧ.ㄅㄣ.ㄙㅏㅁ.ㄍㄝ.ㄊㅊㄤ.ㄧ. 유ㄨ.ㄇㄧㄜㄥ.ㄏㄝ.ㄧㄡˋ)

這家人參雞湯 有名。

把以下片語套進 [□□□] ，開口說說看！

[마 시 써]
맛있어요
(ㄇㄚ.ㄒㄧ.ㄙㄜ.ㄧㄡˋ)
好吃

최고예요
(ㄘㄨㄝ.ㄍㄡ.ㄧㄝ.ㄧㄡˋ)
最棒

[마나]
인기가 많아요
(ㄧㄣ.ㄍㄧ.ㄍㄚ.ㄇㄚ.ㄋㄚ.ㄧㄡˋ)
人氣旺

[푸미]
일품이에요
(ㄧㄹ.ㄆㄨ.ㄇㄧ.ㄝ.ㄧㄡˋ)
一級、一流

[끈]
끝내줘요
(ㄍㄣ.ㄋㄝ.ㄘㄨㄛ.ㄧㄡˋ)
好得不得了

跟韓國人說說看！

Ａ：식당직원 (ㄒㄧㄍ.ㄉㄤ.ㄐㄧ.ㄍㄨㄣ) 餐廳職員 / Ｂ：나 (ㄋㄚ) 我
Ｃ：친구 (ㄑㄧㄣ.ㄍㄨ) 朋友

Ａ：어서오세요. 몇 분이세요?
[부니]
(ㄜ.ㄙㄛ.ㄡ.ㄙㄝ.ㄧㄡ→∥ㄇㄧㄛㄷ.ㄅㄨ.ㄋㄧ.ㄙㄝ.ㄧㄡ↗)
歡迎光臨。請問幾位？

Ｂ：두 명이에요.
(ㄊㄨ.ㄇㄧㄛㄥ.ㄧ.ㄝ.ㄧㄡ↘)
二個人。

Ａ：이쪽으로 앉으세요.
[쪼그] [안즈]
(ㄧ.ㄗㄡ.ㄍ.ㄌㄡ.ㄋ.ㄗ.ㄙㄝ.ㄧㄡ↘)
請這邊坐。

Ｂ：미혜 씨, 여기 뭐가 맛있어요?
[마시써]
(ㄇㄧ.ㄏㄝ.ㄙㄧ.ㄧㄛ.ㄍㄧ.ㄇㄛ.ㄍㄚ.ㄇㄚ.ㄒㄧ.ㄙㄛ.ㄧㄡ↗)
美惠小姐，這裡有什麼好吃呢？

Ｃ：이 집은 삼계탕이 아주 맛있어요.
[지븐] [마시써]
(ㄧ.ㄐㄧ.ㄅㄣ.ㄙㄚㄇ.ㄍㄝ.ㄊㄤ.ㄧ.ㄚ.ㄗㄨ.ㄇㄚ.ㄒㄧ.ㄙㄛ.ㄧㄡ↘)
這家人參雞湯很好吃。

※ 人數 → 請參考第20頁 / 左頁句型可以和第79頁的副詞一起用。

※ 人數 → 請參考第20頁 / 左頁句型可以和第79頁的副詞一起用。

暢遊韓國Q&A

韓國美食「人參雞湯」

　　此料理是將糯米、人參、紅棗、栗子和黃耆等養生的材料塞入雞的體內，煲一、二小時才完成的韓國傳統料理。韓國人在炎熱的夏天特別愛以人參雞湯補身體，邊流汗邊喝熱呼呼又營養的雞湯，精神會特別好。可惜在台灣不管在餐廳或自己在家裡煮，都無法做出道地的韓國口味。可能主要的原因在於雞的品種不同。韓國用的比較小，一人份就是一隻雞，不油，肉也很嫩。但在台灣，一般買到的雞都太大了，做起來不但湯頭變得油膩，肉的口感也不一樣。所以，去韓國，無論如何一定要喝一碗道地的人參雞湯。另外，大部分專門賣人參雞湯的店，都會提供一小杯人參酒，有些外國遊客以為這是要倒在湯裡，其實這是給客人喝的啦！

用餐
點菜
1

돌솥 비빔밥 하나 주세요.

(ㄊㄨㄛㄹ.ㄙㄨㄛㄷ.ㄆㄧ.ㄅㄧㄇ.ㄅㄚㅂ. ㄏㄚ.ㄋㄚ .ㄘㄨ.ㄙㄝ.ㄧㄡˋ)

給我 一（個）石鍋拌飯。

把以下片語套進 ▢▢▢▢，開口說說看！

둘 (ㄊㄨㄹ) 二（個）	넷 (ㄋㄝㄷ) 四（個）	2인분 (ㄧ.ㄧㄣ.ㄅㄨㄣ) 二人份
셋 (ㄙㄝㄷ) 三（個）	1인분 (ㄧㄹ.ㄧㄣ.ㄅㄨㄣ) 一人份	

세트메뉴A
(ㄙㄝ.ㄊ.ㄇㄝ.ㄋㄧㄨ)
A套餐

※ 更多的韓國菜 → 請參考第90頁

跟韓國人說說看！

Ⓐ：나 (ㄋㄚ) 我 ／ Ⓑ：친구 (ㄑㄧㄣ.ㄍㄨ) 朋友
Ⓒ：식당직원 (ㄒㄧㄱ.ㄉㄤ.ㄐㄧ.ㄍㄨㄣ) 餐廳職員

[머글]
Ⓐ：뭐 먹을래요?
（ㄇㄨㄛ.ㄇㄛ.ㄍㄌ.ㄌㄝ.ㄧㄡˊ）
你要吃什麼呢？

[머글]
Ⓑ：저는 돼지 갈비 먹을래요. 미혜 씨는요?
（ㄘㄛ.ㄋㄣ.ㄊㄨㄝ.ㄐㄧ.ㄎㄚㄣ.ㄅㄧ.ㄇㄛ.ㄍㄌ.ㄌㄝ.ㄧㄡˋ∥ㄇㄧ.ㄏㄝ.ㄙㄧ.ㄋㄣ.ㄧㄡˊ）
我要吃韓式烤豬肉。美惠小姐，妳呢？

[머글]
Ⓐ：저도 돼지 갈비 먹을래요. 여기요~
（ㄘㄛ.ㄉㄡ.ㄊㄨㄝ.ㄐㄧ.ㄎㄚㄣ.ㄅㄧ.ㄇㄛ.ㄍㄌ.ㄌㄝ.ㄧㄡˋ∥ㄛ.ㄍㄧ.ㄧㄡ→）
我也要吃韓式烤豬肉。這裡～（在餐廳要叫服務生過來時常用的說法）

[게쎠]
Ⓒ：손님, 주문하시겠어요?
（ㄙㄡㄣ.ㄋㄧㄇ.ㄘㄨ.ㄇㄨㄥ.ㄏㄚ.ㄒㄧ.ㄍㄝ.ㄙㄛ.ㄧㄡˊ）
客人，您要點菜嗎？

Ⓑ：돼지 갈비 2인분 주세요.
（ㄊㄨㄝ.ㄐㄧ.ㄎㄚㄣ.ㄅㄧ.ㄧ.ㄣ.ㄅㄨㄣ.ㄘㄨ.ㄙㄝ.ㄧㄡˋ）
給我們韓式烤豬肉二人份。

韓國美食「韓式烤肉」

　　以前曾經聽過有人形容此料理「超級無敵好吃，沒吃到這道菜別說去過韓國！」所以說此料理是韓國的代表美食之一也當之無愧。這種烤肉是將肉用碳火烤熟，沾上韓式豆瓣醬，並搭配蒜頭，用生菜包著一起吃，味道真的是一級棒！一般來說，韓式烤肉分成牛肉或豬肉，這二種肉又分成醃過和原味的二種吃法。如果吃原味的，也可以沾一種用鹽巴和芝麻油所調和的醬汁，這種吃法可以享受肉本身的美味。至於醃過的韓式烤肉，烤起來也非常香，吃一口就可以體驗到「入口即化」的絕妙好滋味。

★ 소 갈비：韓式烤牛肉 ／ 돼지 갈비：韓式烤豬肉 ／ 양념 갈비：醃過的烤肉

用餐
點菜
2

주문하기 3(ㄘㄨ.ㄇㄨㄥ.ㄏㄚ.ㄍㄧ)點菜3

A 은 / B 는 넣지 말아 주시겠어요?

[너치] [마라] [게써]

(A ㄜㄣ/B ㄋㄣ.ㄋㄛ.ㄑㄧ.ㄇㄚ.ㄌㄚ.ㄘㄨ.ㄒㄧ.ㄍㄝ.ㄙㄛ.ㄧㄡ↗)

麻煩不要放＿＿，好嗎？

把以下片語套進＿＿，開口說說看！

A [깬닙] 깻잎 (ㄍㄝㄥ.ㄋㄧㅂ) 芝麻葉	A 생강 (ㄙㄝㅇ.ㄍㄤ) 薑	A 마늘 (ㄇㄚ.ㄋㄹ) 蒜
B 고기 (ㄎㄡ.ㄍㄧ) 肉	B 고추 (ㄎㄡ.ㄘㄨ) 辣椒	B 파 (ㄆㄚ) 蔥

跟韓國人說說看！

Ａ：나（ㄋㄚ）我 / Ｂ：식당직원（ㄒㄧㄍ.ㄉㄤ.ㄐㄧ.ㄍㄨㄣ）餐廳職員

Ａ：저기요, 해물파전에 깻잎도 들어가나요?
[저네]　　　[깬닙]　　　[드러]
（ㄘㄛ.ㄍㄧ.ㄧㄡ.ㄏㄝ.ㄇㄨㄌ.ㄆㄚ.ㄗㄛ.ㄋㄝ.ㄍㄝㄣ.ㄋㄧㅂ.ㄉㄡ.ㄊㄛ.ㄉㄜㄣ.ㄍㄚ.ㄋㄚ.ㄧㄡ↗）
請問，海鮮煎餅有放芝麻葉嗎？

Ｂ：네, 들어가는데요.
[드러]
（ㄋㄝ.ㄊㄛ.ㄌㄛ.ㄎㄚ.ㄋㄣ.ㄉㄝ.ㄧㄡˋ）
是的，有放。

Ａ：그럼, 죄송하지만 깻잎은 넣지 말아 주시겠어요?
[깬닙]　　　[너치]　[마라]　　　[게써]
（ㄎ.ㄌㄛㅁ.ㄘㄨㄝ.ㄙㄨㄥ.ㄏㄚ.ㄐㄧ.ㄇㄢ.ㄍㄝㄣ.ㄋㄧㅂ.ㄜㄣ.ㄋㄛ.ㄑㄧ.ㄇㄩㄣ.ㄉㄚ.ㄘㄨ.ㄒㄧ.ㄍㄝ.ㄙㄛ.ㄧㄡ↗）
那麼，不好意思，麻煩不要放芝麻葉，好嗎？

Ｂ：네, 알겠습니다.
[씀]
（ㄋㄝ.ㄚㄌ.ㄍㄝ.ㄙㄇ.ㄋㄧ.ㄉㄚˋ）
好，我知道了。

Ａ：아, 그리고 여기 김치 좀 더 주세요.
（ㄚ.ㄎ.ㄌㄧ.ㄍㄡ.ㄧㄛ.ㄍㄧ.ㄎㄧㄇ.ㄑㄧ.ㄘㄨㄇ.ㄊㄛ.ㄘㄨ.ㄙㄝ.ㄧㄡˋ）
對了，還有請再給我們一些泡菜。

韓國美食「燒烤五花肉」

在韓劇裡，最常出現烤肉的材料就是五花肉，因為五花肉比起其他肉類廉價一點，一般家庭常買來吃。烤得有點焦的五花肉，搭配蒜頭和洋蔥再包上生菜，一口塞入嘴巴，真是人間美味。要體驗韓國人的吃法，可以點一瓶燒酒（소주 ㄙㄡ.ㄗㄨ）來搭配，是更棒的選擇。關於包烤肉的生菜葉，韓國人很喜歡用類似萵苣和芝麻葉。類似萵苣的生菜軟中帶脆，芝麻葉則有種特殊的香味（有些台灣人會吃不慣）。基本上，韓國人不管吃什麼烤肉，都愛包著生菜吃，喜歡所有食材在口裡的特殊感覺。

제가 주문한 건 모카커피 인데요.

(ㄘㄝ.ㄍㄚ.ㄅㄨ.ㄇㄨㄥ.ㄏㄢ.ㄍㄛㄣ.ㄇㄡ.ㄎㄚ.ㄎㄛ.ㄆㄧ.ㄧㄣ.ㄉㄝ.ㄧㄡˋ)

我點的是 摩卡咖啡 。

把以下片語套進 ，開口說說看！

홍차
(ㄏㄨㄥ.ㄘㄚ)
紅茶

와플
(ㄨㄚ.ㄆㄛ)
鬆餅

샌드위치
(ㄙㄝㄣ.ㄉ.ㄩ.ㄑㄧ)
三明治

치즈 케이크
(ㄑㄧ.ㄗ.ㄎㄝ.ㄧ.ㄎ)
起士蛋糕

팥빙수
(ㄆㄚㄷ.ㄅㄧㄥ.ㄙㄨ)
剉冰

아이스크림
(ㄚ.ㄧ.ㄙ.ㄎ.ㄌㄧㄇ)
冰淇淋

※ 更多的甜點、飲料 → 請參考第91～92頁

跟韓國人說說看！

Ａ：커피숍직원（ㄎㄛ．ㄆㄧ．ㄕㄡㅂ．ㄐㄧ．ㄍㄨㄣ）咖啡廳職員 / Ｂ：나（ㄋㄚ）我

Ａ：오래 기다리셨습[씀]니다.
（ㄡ．ㄌㅐ．ㄎㄧ．ㄉㄚ．ㄌㄧ．ㄕㄛ．ㄙㅁ．ㄋㄧ．ㄉㄚˋ）
讓您久等了。

주문하신 아이스커피 나왔습[씀]니다.
（ㄘㄨ．ㄇㄨㄥ．ㄏㄚ．ㄒㄧㄣ．ㄚ．ㄧ．ㄙ．ㄎㄛ．ㄆㄧ．ㄋㄚ．ㄨㄚ．ㄙㅁ．ㄋㄧ．ㄉㄚˋ）
您點的冰咖啡來了。

Ｂ：아이스커피요? 제가 주문한 건 홍차인데요.
（ㄚ．ㄧ．ㄙ．ㄎㄛ．ㄆㄧ．ㄧㄡˊ╱ㄐㄝ．ㄍㄚ．ㄘㄨ．ㄇㄨㄥ．ㄏㄢ．ㄍㄛㄣ．ㄏㄨㄥ．ㄔㄚ．ㄧㄣ．ㄉㄝ．ㄧㄡˋ）
冰咖啡？我點的是紅茶耶。

Ａ：죄송합[함]니다.
（ㄘㄨㄝ．ㄙㄨㄥ．ㄏㄚㅁ．ㄋㄧ．ㄉㄚˋ）
對不起。

다시 준비해 드리겠습[씀]니다.
（ㄊㄚ．ㄒㄧ．ㄘㄨㄣ．ㄅㄧ．ㄏㄝ．ㄊㄜ．ㄌㄧ．ㄍㄝ．ㄙㅁ．ㄋㄧ．ㄉㄚˋ）
我們會重新準備再送過來。

用餐 點菜 4

韓國美食「春川辣炒雞排」

此料理是源自於韓國一個叫「春川」的地方，後來紅到連首爾市也常看到賣這道菜的餐廳。享用這道料理時，每張餐桌上會放一個大鐵鍋。一開始會先用醃過的雞肉、高麗菜等青菜，搭配年糕、以及調配好的辣椒醬拌炒。煮好以後，整鍋食材都因為辣椒醬而變成紅色，食材因吸收了湯汁，所以很入味，而且雞肉的口感超嫩。等到差不多吃完的時候，服務生會幫客人加入白飯拌炒，一點鍋巴又帶點焦的香味，好吃到有些人專程來吃這個炒飯。通常這種客人要親自動手的餐廳，店裡都會提供圍裙，所以不用怕辣椒醬沾到衣服，可以放心享受美味！

식사 중 1 (ㄒㄧㄧ.ㄙㄚ.ㄗㄨㄥ) 用餐中1

조금 매워요.

（ㄘㄡ.ㄍㄇ.ㄇㄝ.ㄨㄛ.ㄧㄡˋ）

有一點 辣 。

把以下片語套進 □ ，開口說說看！

[다라]
달아요
（ㄊㄚ.ㄌㄚ.ㄧㄡˋ）
甜

시어요
（ㄒㄧ.ㄛ.ㄧㄡˋ）
酸

써요
（ㄙㄛˋ.ㄧㄡˋ）
苦

짜요
（ㄗㄚ.ㄧㄡˋ）
鹹

싱거워요
（ㄒㄧㄥ.ㄍㄛ.ㄨㄛ.ㄧㄡˋ）
淡

느끼해요
（ㄋ.ㄍㄧˋ.ㄏㄝ.ㄧㄡˋ）
油膩

[마 시 써]
맛있어요
（ㄇㄚ.ㄒㄧ.ㄙㄛˋ.ㄧㄡˋ）
好吃

[마 덥 써]
맛없어요
（ㄇㄚ.ㄉㄛㄅ.ㄙㄛˋ.ㄧㄡˋ）
不好吃

跟韓國人說說看！

A：나 (ㄋㄚ) 我 / B：친구 (ㄑㄧㄣ.ㄍㄨ) 朋友

[씀]
A：잘 먹겠습니다.
（ㄘㄚㄌ.ㄇㄛㄍ.ㄍㄝ.ㄙㄇ.ㄋㄧ.ㄉㄚˋ）
我要開動了。

- -

＜用餐中＞　[마시]
B：비빔밥 맛이 어때요?
（ㄆㄧ.ㄅㄧㄇ.ㄅㄚㄅ.ㄇㄚ.ㄒㄧ.ㄛ.ㄉㄝ.ㄧㄡˊ）
拌飯味道如何？

- -

A：조금 매워요. 미혜 씨가 주문한 건 어때요?
（ㄘㄡ.ㄍㄇ.ㄇㄝ.ㄨㄛ.ㄧㄡˋ‖ㄧㄧ.ㄏㄝ.ㄙㄧ.ㄍㄚ.ㄘㄨ.ㄇㄨㄥ.ㄏㄢ.ㄍㄛㄣ.ㄛ.ㄉㄝ.ㄧㄡˊ）
有點辣。美惠小姐，妳點的呢？

- -

[마시써]　　　[머거]
B：아주 맛있어요. 먹어 볼래요?
（ㄚ.ㄗㄨ.ㄇㄚ.ㄒㄧ.ㄙㄛ.ㄧㄡˋ‖ㄇㄛ.ㄍㄛ.ㄆㄛㄌ.ㄉㄝ.ㄧㄡˊ）
很好吃。要不要吃吃看？

- -

※ 左頁句型裡的「有一點：조금」可以用其他副詞來代替如下，
　非常：아주 많이 (ㄚ.ㄗㄨ.ㄇㄚ.ㄋㄧ)
　太～了：너무 (ㄋㄛ.ㄇㄨ)
　很：아주 (ㄚ.ㄗㄨ) 或 많이 (ㄇㄚ.ㄋㄧ)
　一點都不：전혀 안 (ㄘㄛㄣ.ㄏㄧㄛ.ㄋ)

韓國美食「安東燉雞」

　　這是一道看起來很像台灣的三杯雞，但味道卻完全不同的料理。「安東」也是一個地名，有些店會用不同地名來寫，不過味道都差不多，所以只要招牌上有看到「찜닭（燉雞）」這兩個字就對了。整道菜有醬油的顏色，看起來一點都不辣，但因為他們用「青洋辣椒（只加一點就會很辣的辣椒品種）」，所以還蠻辣的。味道偏重口味，很下飯，裡面的雞肉嫩到一咬下去就會骨肉分離，還有馬鈴薯、年糕，以及很入味的冬粉（很多人愛上這個冬粉）。吃安東燉雞一定會附一碗冰的泡菜湯（不加辣椒粉，完全不辣），喝一口湯汁，很清涼，馬上就可以解辣。

식사 중 2（ㄒㄧㄱ．ㄙㄚ．ㄗㄨㅇ）用餐中2

[궁　무　리]
국물이 진한게 아주
[마신]
맛있네요.

（ㄎㄨㅇ．ㄇㄨ．ㄌㄧ．ㄐㄧㄣ．ㄏㄢ．ㄍㄝ．ㄚ．ㄗㄨ．ㄇㄚ．ㄒㄧㄣ．ㄋㄝ．ㄧㄡ↘）

湯頭非常濃郁 很好吃耶。（或「喝」也可以）。

把以下片語套進 ______，開口說說看！

새콤달콤한게 （ㄙㄝ．ㄎㄡㅁ．ㄊㄚㄹ．ㄎㄡㅁ．ㄏㄢ．ㄍㄝ） 酸酸甜甜地	[사칸] 바삭한게 （ㄆㄚ．ㄙㄚ．ㄎㄢ．ㄍㄝ） 脆脆地	[기탄] 쫄깃쫄깃한게 （ㄗㄡㄹ．ㄍㄧㄷ．ㄗㄡㄹ．ㄍㄧ．ㄊㄢ．ㄍㄝ） QQ地
[이베]　[농] 입에서 살살 녹는게 （ㄧ．ㄅㄝ．ㄙㄛ．ㄙㄚㄹ．ㄙㄚㄹ．ㄋㄨㄥ．ㄋㄣ．ㄍㄝ） 入口即化	고기가 연한게 （ㄎㄡ．ㄍㄧ．ㄍㄚ．ㄧㄛㄣ．ㄏㄢ．ㄍㄝ） 肉很嫩	[마시] 맛이 깔끔한게 （ㄇㄚ．ㄒㄧ．ㄍㄚㄹ．ㄍㅁ．ㄏㄢ．ㄍㄝ） 味道清爽

跟韓國人說說看！

A：나（ㄋㄚ）我 / B：친구（ㄑㄧㄣ.ㄍㄨ）朋友

A：음~ 소문대로 이 집 갈비 정말 맛있네요. ［마신］
（ㄥㄇ.ㄇㄡ.ㄇㄨㄥ.ㄉㄝ.ㄌㄡ.ㄧ.ㄐㄧㅂ.ㄎㄚㄌ.ㄅㄧ.ㄑㄥ.ㄇㄚㄌ.ㄇㄚ.ㄒㄧㄣ.ㄋㄝ.ㄧㄡˋ）
嗯~ 果然和傳聞一樣，這家的烤肉真好吃耶。

B：그렇죠？ 고기가 연한게...... ［러쵸］
（ㄎ.ㄌㄛ.ㄑㄧㄡˊ？ㄎㄡ.ㄍㄧ.ㄍㄚ.ㄧㄛㄣ.ㄏㄚㄥ.ㄍㄝ）
是吧！肉很嫩......

A：네, 같이 나온 냉면도 면이 쫄깃쫄깃한게 아주 맛있네요. ［가치］［먀니］［기탄］［마신］
（ㄋㄝ.ㄎㄚ.ㄑㄧ.ㄋㄚ.ㄡㄣ.ㄋㄝㅇ.ㄇㄧㄛㄣ.ㄉㄡ.ㄇㄧㄛ.ㄋㄧ.ㄗㄨㄛㄌ.ㄍㄧㄉ.ㄗㄨㄛㄌ.ㄍㄧ.ㄊㄢ.ㄍㄝ.ㄚ.ㄗㄨ.ㄇㄚ.ㄒㄧㄣ.ㄋㄝ.ㄧㄡˋ）
是啊，一起送來的涼麵麵條也QQ地很好吃耶。

우리 다음에 또 먹으러 와요. ［으메］［머그］
（ㄨ.ㄌㄧ.ㄊㄚ.ㄜ.ㄇㄝ.ㄇㄡ.ㄇㄛ.ㄍ.ㄌㄛ.ㄨㄚ.ㄧㄡˋ）
我們下次再來吃吧。

B：좋아요. ［조］
（ㄘㄡ.ㄚ.ㄧㄡˋ）
好啊。

韓國美食「涼麵」

韓國人在夏天或吃完烤肉之後特別愛吃涼麵。一般來說，韓國的涼麵多半使用蕎麥麵條，口感又Q又有嚼勁，和台灣或日本涼麵口味完全不同。韓式涼麵可以分成加辣味醬的和完全不辣、有冰冰湯汁的二種。因為這二種都會加醋和糖，所以會帶一點點甜酸味（但絕不會過度），吃起來很涼很過癮。因為麵條非常Q又長，建議吃的時候請服務生用剪刀把麵條剪短一點比較好入口。這道菜非常適合炎熱的夏天，沒胃口的時候去吃，一定會讓您回味無窮喔！

면 좀 잘라 주세요. 麻煩幫我剪麵。
（ㄇㄧㄛㄣ.ㄘㄡㅁ.ㄘㄚㄌ.ㄌㄚ.ㄘㄨ.ㄙㄝ.ㄧㄡˋ）

역시 삼겹살 에는 소주 가 최고예요.

(ㄧㆁㄱ. ㄒㄧ. ㄙㄚㅁ. ㄍㄧㆁㅂ. ㄙㄚㄹ. ㆤ. ㄋㄣ. ㄙㄡ. ㄗㄨ. ㄍㄚ. ㄘㄨㆤ. ㄍㄡ. ㄧㆤ. ㄧㄡˋ)

還是 五花肉 搭配 燒酒 最棒。

把以下片語套進 〔　〕，開口說說看！

치킨
(ㄑㄧ. ㄎㄧㄴ)
炸雞

맥주
(ㄇㆤㄱ. ㄗㄨ)
啤酒

해물파전
(ㄏㆤ. ㄇㄨㄹ. ㄆㄚ. ㄗㅓㄴ)
海鮮煎餅

중국 요리
(ㄘㄨㅇ. ㄍㆤㄱ. ㄧㄡ. ㄌㄧ)
中國料理

고량주
(ㄎㄡ. ㄌㄧㄤ. ㄗㄨ)
高粱酒

막걸리
(ㄇㄚㄱ. ㄍㄛㄹ. ㄌㄧ)
小米酒
=동동주

跟韓國人說說看！

A：나（ㄋㄚ）我 / **B**：친구（ㄑ一ㄣ．ㄍㄨ）朋友

A：우리 소주도 시킬까요？
（ㄨ．ㄌ一．ㄙㄡ．ㄗㄨ．ㄉㄡ．ㄒ一．ㄎ一ㄌ．ㄍㄚ．一ㄡˊ）
我們要不要也點燒酒啊？

여기요，소주 한 병 주세요．
（一ㄛ．ㄍ一．一ㄡ．ㄙㄡ．ㄗㄨ．ㄏㄢ．ㄅ一ㄛㄥ．ㄘㄨ．ㄙㄟ．一ㄡˋ）
這裡……請給我們一瓶燒酒。

A **B**：건배！
（ㄎㄛㄣ．ㄅㄟ→）
乾杯！

A：캬~ 역시 삼겹살에는 소주가 최고예요．
（ㄎ一ㄚ→．一ㄛㄍ．ㄒ一．ㄙㄚㄇ．一ㄛㅂ．ㄙㄚㄌ．ㄝ．ㄋㄣ．ㄙㄡ．ㄗㄨ．ㄍㄚ．ㄘㄨㄟ．ㄍㄡ．一ㄝ．一ㄡˋ）
ㄎ一ㄚ~（韓國人喝一口燒酒之後通常會發出來的聲音）還是五花肉搭配燒酒最棒。

[마자]
B：맞아요．
（ㄇㄚ．ㄗㄚ．一ㄡˋ）
沒錯。

韓國美食「炸醬麵 & 炒碼麵」

這是韓國人一提到中國料理，就會聯想到的二道菜。

韓式炸醬麵跟中式炸醬麵外觀和味道很不一樣。韓式比中式顏色更黑，醬也比較濃稠，味道有一點偏甜。通常會跟生的洋蔥和黃色的醃蘿蔔（台灣魯肉飯上面放的那種）一起吃。另外一道炒碼麵，是加海鮮的辣湯麵，口味辣、鮮、而且香，真是美味。因為這二道料理都太好吃了，很多韓國人每次都會猶豫要點哪樣。後來，有一位中國餐廳老闆，利用鴛鴦鍋的原理做成一分為二的碗，終於解決了這個問題。

可能有人會覺得「台灣人去韓國玩，何必找中國餐廳用餐呢？」但是，這二道麵食已經是改良成符合韓國人口味的韓式中國料理，所以很值得嚐嚐！

좀 천천히 드세요.

(ㅊㄡㅁ.ㄘㄜㄣ.ㄘㄜㄣ.ㄏㄧ.ㄊ.ㄙㅔ.ㄧㄡˋ)

吃 慢一點 。（或「喝」也可以）

把以下片語套進 ☐ ，開口說說看！

좀 빨리
(ㅊㄡㅁ.ㄅㄚㄹ.ㄌㄧ)

吃 快一點 。

조금만
(ㅊㄡ.ㄍㅁ.ㄇㄢ)

吃 一點點 。

더
(ㄊㄛ)

再 吃。
（韓語的意思：
再來一碗 / 再來一杯）

적게
(ㅊㄛㄱ.ㄍㅔ)

少 吃一點。

조심해서
(ㅊㄡ.ㄒㄧㅁ.ㄏㅔ.ㄙㄛ)

小心 一點吃。

[마니]
많이
(ㄇㄚ.ㄋㄧ)

多 吃一點。

跟韓國人說說看！

Ａ：나 (ㄋㄚ) 我 / Ｂ：친구 (ㄑㄧㄣ.ㄍㄨ) 朋友

[러케]　　　　[머거]

Ａ：미혜 씨, 왜 그렇게 빨리 먹어요?
(ㄇㄧ.ㄏㄝ.ㄙㄧ.ㄨㄝ.ㄎ.ㄌㄛㄥ.ㄎㄝ.ㄅㄚㄹ.ㄌㄧ.ㄇㄛ.ㄍㄛ.一ㄡˊ)
美惠小姐，妳為什麼吃這麼快？

좀 천천히 드세요.
(ㄘㄡㄇ.ㄘㄛㄣ.ㄘㄛㄣ.ㄏㄧ.ㄊ.ㄙㄝ.一ㄡˋ)
吃慢一點啊！

[여늘]　　　　[해써]

Ｂ：2시 공연을 예매했어요.
(ㄊㄨ.ㄒㄧ.ㄎㄨㄥ.一ㄛ.ㄋㄩㄹ.一ㄝ.ㄇㄝ.ㄏㄝ.ㄙㄛ.一ㄡˋ)
我訂了二點的表演。

[머거]

그래서 빨리 먹어야 해요.
(ㄎ.ㄌㄝ.ㄙㄛ.ㄅㄚㄹ.ㄌㄧ.ㄇㄛ.ㄍㄛ.一ㄚ.ㄏㄝ.一ㄡˋ)
所以必須要吃快點。

[궁무리] [마니]

Ａ：그래도 국물이 많이 뜨거우니까 조심해서 드세요.
(ㄎ.ㄌㄝ.ㄉㄡ.ㄎㄨㄥ.ㄇㄨ.ㄌㄧ.ㄇㄚ.ㄋㄧㄅ.ㄎ.ㄨ.ㄋㄧ.ㄍㄚ.ㄘㄡ.ㄒㄧㄇ.ㄏㄝ.ㄙㄛ.ㄊ.ㄙㄝ.一ㄡˋ)
即使那樣，因為湯頭很燙，小心一點喝啊。

韓國美食「馬鈴薯豬骨湯」

這是一道鬆軟的馬鈴薯配上帶肉大骨的韓國料理。點這道菜的時候，桌上會放小瓦斯爐，鍋子裡會有手掌大小的排骨、馬鈴薯、以及一些金針菇和青蔥，吃起來的味道是辣辣的。當然排骨本身就很好吃（豬骨頭熬到鬆，肉也嫩到不行），不過排骨和馬鈴薯所熬出來的濃湯才是最棒的部分，那種圓潤的口感很難用筆墨來形容。吃完鍋內的主菜後，將白飯倒入湯裡，弄個湯飯來吃，是最正統的吃法！天氣冷的時候喝一口，全身馬上會溫暖起來喔！由於吃的過程中，要拿排骨啃骨頭，所以吃相並不美，這是韓國人第一次約會時，絕對不能點的菜之一。但如果我們外國遊客錯過這道菜，可就太可惜啦！

밥 사기（ㄆㄚㅂ．ㄙㄚ．ㄍㄧ）請客

[느른]
오늘은 제가 살게요.

（ㄡ．ㄋ．ㄌㄣ．ㄘㄝ．ㄍㄚ．ㄙㄚㄹ．ㄍㄝ．ㄧㄡˋ）

今天由我來 買單（請客）。

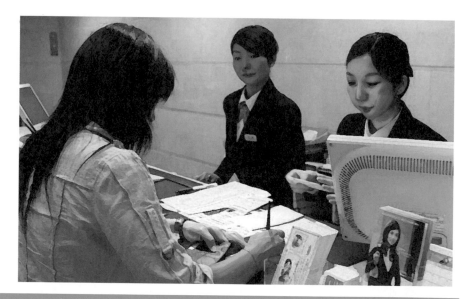

把以下片語套進 □□□，開口說說看！

낼게요 （ㄋㄝㄹ．ㄍㄝ．ㄧㄡˋ） 付錢	[저팔] 대접할게요 （ㄊㄝ．ㄗㄛ．ㄆㄚ．ㄍㄝ．ㄧㄡˋ） 招待	한턱낼게요 （ㄏㄢ．ㄊㄛㄱ．ㄋㄝㄹ．ㄍㄝ．ㄧㄡˋ） 請一頓飯（作東）
쏠게요 （ㄙㄛㄹ．ㄍㄝ．ㄧㄡˋ） 「作東」的流行語 （年輕人比較會用）	※ 우리 더치페이 해요. （ㄨ．ㄌㄧ．ㄊㄛ．ㄑㄧ．ㄆㄝ．ㄧ．ㄏㄝ．ㄧㄡˋ） 我們各付各的吧。 ＝우리 각자 내요.	

跟韓國人說說看！

Ａ：나 (ㄋㄚ) 我 / Ｂ：친구 (ㄑㄧㄣ.ㄍㄨ) 朋友

Ａ：여기요, 계산해 주세요.
（ㄧㄛ.ㄍㄧ.ㄧㄡ.ㄎㄝ.ㄙㄢ.ㄏㄝ.ㄘㄨ.ㄙㄝ.ㄧㄡˋ）
這裡……我要賞單。

[녀근]
오늘 저녁은 제가 살게요.
（ㄡ.ㄋㄜ.ㄘㄛ.ㄋㄧㄛ.ㄍㄣ.ㄔㄝ.ㄍㄚ.ㄙㄚㄹ.ㄍㄝ.ㄧㄡˋ）
今天晚餐我請客。

Ｂ：아니에요. 제가 살게요.
（ㄚ.ㄋㄧ.ㄝ.ㄧㄡˋ∥ㄔㄝ.ㄍㄚ.ㄙㄚㄹ.ㄍㄝ.ㄧㄡˋ）
不，由我來請客。

[으메]
Ａ：그럼 미혜 씨는 다음에 사세요.
（ㄎ.ㄌㄛㅁ.ㄇㄧ.ㄏㄝ.ㄙㄧ.ㄋㄣ.ㄊㄚ.ㄜ.ㄇㄝ.ㄙㄚ.ㄙㄝ.ㄧㄡˋ）
那麼，美惠小姐下次再請我吧。

[느른]　　[이리]
오늘은 미혜 씨 생일이니까 제가 낼게요.
（ㄡ.ㄋ.ㄌㄣ.ㄇㄧ.ㄏㄝ.ㄙㄧ.ㄙㄝㅇ.ㄧ.ㄌㄧ.ㄋㄧ.ㄍㄚ.ㄔㄝ.ㄍㄚ.ㄋㄝㄹ.ㄍㄝ.ㄧㄡˋ）
今天是妳的生日，還是由我來請客。

[부네]　　　[머거써]
Ｂ：고마워요. 덕분에 잘 먹었어요.
（ㄎㄡ.ㄇㄚ.ㄨㄛ.ㄧㄡˋ∥ㄊㄛㄍ.ㄅㄨ.ㄋㄝ.ㄘㄚㄹ.ㄇㄛ.ㄍㄛ.ㄙㄛ.ㄧㄡˋ）
謝謝，託你的福我吃得很好。（對方請客時，韓國人通常用這句來表示感謝）

韓國美食「豆腐海鮮辣湯」

　　韓文的「두부 (ㄊㄨ.ㄅㄨ)」有「豆腐」的意思，而「순두부 (ㄙㄨㄥ. ㄊㄨ.ㄅㄨ)」是指像豆花那麼嫩的豆腐。在韓國，通常會拿它來煮海鮮辣湯。所以，不少韓國遊客來台灣第一次吃豆花的時候會嚇了一跳，心裡OS：「好奇怪！怎麼會拿嫩豆腐來當甜點，應該加些辣椒粉、蝦、和蛤蜊煮個湯才對。」吸收微辣湯汁的軟嫩豆腐，滋味真是迷人，可以讓一碗飯很快就見底。想品嚐韓國家常菜的朋友，絕不能錯過這道豆腐海鮮辣湯！

계산하기 (ㄎㅔ.ㄙㅏㄋ.ㄏㅏ.ㄍㅣ) 結帳

A 으로
B 로
계산할게요.

(A ㄛ.ㄌㅗ / B ㄌㅗ.ㄎㅔ.ㄙㅏㄋ.ㄏㅏㄹ.ㄍㅔ.ㅣㅗㄟ)

我要用 □ 付錢（買單、結帳）。

把以下片語套進 □ ，開口說說看！

A
현금
(ㄏㅣㅌㄋ.ㄍㅁ)
現金

A
한국돈
(ㄏㅏㄋ.ㄍㅜㄱ.ㄊㅗㄥ)
韓幣

B
신용카드
(ㄒㅣㄋ.ㄩㄥ.ㄎㅏ.ㄉ)
信用卡

B
3개월 할부
(ㄙㅏㅁ.ㄍㅔ.ㄨㄛㄹ.ㄏㅏㄹ.ㄅㄨ)
（信用卡）分三期

B
일시불
(ㅣㄹ.ㄒㅣ.ㄆㄨㄹ)
（信用卡）一次付清

B
달러
(ㄉㅏㄹ.ㄌㅓ)
美金

※ 幾個月 → 請參考第50頁

跟韓國人說說看！

Ⓐ：식당직원 (ㄒㄧㄥ.ㄉㄤ.ㄐㄧ.ㄍㄨㄣ) 餐廳職員 / Ⓑ：나 (ㄋㄚ) 我

Ⓐ：손님, 어떻게 [떠케] 계산하시겠어요? [게써]
（ㄙㄨㄥ.ㄋㄧㅁ.ㄛ.ㄉㄛ.ㄎㄟ.ㄎㄝ.ㄙㄢ.ㄏㄚ.ㄒㄧ.ㄍㄝ.ㄙㄛ.ㄧㄡˊ）
客人，您要怎麼付呢？

Ⓑ：여기 카드로 계산 가능한가요?
（ㄧㄛ.ㄍㄧ.ㄎㄚ.ㄉ.ㄉㄨ.ㄍㄝ.ㄙㄢ.ㄎㄚ.ㄋㅇ.ㄏㄢ.ㄍㄚ.ㄧㄡˊ）
這裡可以刷卡付費嗎？

Ⓐ：그럼요.
（ㄎ.ㄌㄛㄇ.ㄧㄡˋ）
當然。

Ⓑ：그럼 카드로 계산할게요.
（ㄎ.ㄌㄛㄇ.ㄎㄚ.ㄉ.ㄉㄨ.ㄍㄝ.ㄙㄢ.ㄏㄚㄌ.ㄍㄝ.ㄧㄡˋ）
那麼我要刷卡。

＜刷卡之後＞
Ⓐ：손님, 여기에 사인해 주세요.
（ㄙㄨㄥ.ㄋㄧㅁ.ㄧㄛ.ㄍㄧ.ㄝ.ㄙㄚ.ㄧㄣ.ㄏㄝ.ㄘㄨ.ㄙㄝ.ㄧㄡˋ）
客人，麻煩在這裡簽名。

※ 계산이 [사니] 잘못된 것 [가타] 같아요.
（ㄎㄝ.ㄙㄚ.ㄋㄧ.ㄘㄚㄌ.ㄇㄛㄉ.ㄊㄨㄝㄣ.ㄍㄛㄉ.ㄎㄚ.ㄊㄚ.ㄧㄡˋ）
好像計算錯了。

韓國美食「辣炒年糕」

此料理是將圓型長條狀的年糕和魚板加辣椒醬一起拌炒的韓國小吃。在韓國，一半以上的路邊攤都在賣這道菜，很受女生和學生的歡迎。韓國年糕，由於不是用糯米而是用大米做的，所以不但不會黏牙，而且久煮不爛，彈性很好，吃起來很有嚼勁。因為在台灣吃不到道地的辣炒年糕，所以強力推薦！此外，通常賣辣炒年糕的地方也會賣血腸（순대 ㄙㄨㄥ.ㄉㄝ）、韓式壽司（김밥 ㄎㄧㅁ.ㄅㄚㅂ）、黑輪（오뎅 ㄡ.ㄉㄝㅇ）、和雞肉串等一串串的各式食物（꼬치 ㄍㄨ.ㄑㄧ），也非常好吃，愛吃美食的朋友，千萬不能錯過韓國的路邊攤喔！

餐點、甜點
(식사、디저트)

삼계탕 人參雞湯 （ㄙㄚㄇ.ㄍㄝ.ㄊㄤ） → 請見第71頁的介紹	갈비 韓式碳烤烤肉 （ㄎㄚㄹ.ㄅㄧ） → 請見第73頁的介紹	불고기 銅盤烤肉 （ㄆㄨㄹ.ㄍㄡ.ㄍㄧ） → 請見第71頁的介紹
삼겹살 五花肉燒烤 （ㄙㄚㄇ.ㄍㄧㄛㅂ.ㄙㄚㄹ） → 請見第75頁的介紹	춘천닭갈비 春川辣炒雞排 （ㄘㄨㄣ.ㄘㄛㄣ.ㄊㄚㄍ.ㄍㄚㄹ.ㄅㄧ） → 請見第77頁的介紹	안동찜닭 安東燉雞 （ㄢ.ㄉㄨㄥ.ㄗㄧㄇ.ㄉㄚㄍ） → 請見第79頁的介紹
냉면 涼麵 （ㄋㄝㅇ.ㄇㄧㄛㄣ） → 請見第81頁的介紹	자장면 炸醬麵 （ㄗㄚ.ㄗㄤ.ㄇㄧㄛㄣ） → 請見第83頁的介紹	짬뽕 炒碼麵 （ㄗㄚㄇ.ㄅㄡㄥ） → 請見第83頁的介紹
감자탕 馬鈴薯豬骨湯 （ㄎㄚㄇ.ㄗㄚ.ㄊㄤ） → 請見第85頁的介紹	순두부찌개 豆腐海鮮辣湯 （ㄙㄨㄣ.ㄉㄨ.ㄅㄨ.ㄗㄧ.ㄍㄝ） → 請見第87頁的介紹	[뽀끼] 떡볶이 辣炒年糕 （ㄉㄛㄍ.ㄅㄡ.ㄧ） → 請見第89頁的介紹

※ 註：上面文章裡的「✎」，表示那道菜的辣度。

[보끔] 볶음밥 炒飯 (ㄆㄡ.ㄍㅁ.ㄅㄚㅂ)	덮밥 燴飯 (ㄊㄛㅂ.ㄅㄚㅂ)	죽 粥 (ㄘㄨㄱ)
만두 餃子 (ㄇㄢ.ㄉㄨ)	라면 拉麵、泡麵 (ㄌㄚ.ㄇㄧㄛㄣ)	샐러드 沙拉 (ㄙㄝㄹ.ㄌㄛ.ㄉ)
스파게티 義大利麵 (ㄙ.ㄆㄚ.ㄍㄝ.ㄊㄧ)	햄버거 漢堡 (ㄏㄝㅁ.ㄅㄛ.ㄍㄛ)	피자 比薩 (ㄆㄧ.ㄗㄚ)

用餐 餐點、甜點

초콜릿 케이크 巧克力蛋糕 (ㄘㄡ.ㄎㄡㄹ.ㄌㄧㄉ.ㄎㄝ.ㄧ.ㄎ) = ～케익	起士蛋糕 / 鬆餅 / 三明治 / 剉冰 / 冰淇淋 → 請參考第76頁

티라미수 提拉米蘇 (ㄊㄧ.ㄌㄚ.ㄇㄧ.ㄙㄨ)	푸딩 布丁 (ㄆㄨ.ㄉㄧㄥ)	애플 파이 蘋果派 (ㄝ.ㄆㄜㄹ.ㄆㄚ.ㄧ)
머핀 瑪芬 (ㄇㄛ.ㄆㄧㄣ)	도넛 甜甜圈 (ㄊㄡ.ㄋㄛㄉ) = 도너츠	쿠키 西式餅乾 (ㄎㄨ.ㄎㄧ) ≒ 과자 (指所有的餅乾種類)

飲料、酒
(음료、술)

생수 礦泉水 (ㄙㄝㄇ.ㄙㄨ)	[뜨탄] 따뜻한 물 溫水 (ㄅㄚ.ㄉ.ㄊㄢ.ㄇㄨㄹ)	찬물 冰水 (ㄘㄢ.ㄇㄨㄹ)
녹차 綠茶 (ㄋㄡㄍ.ㄔㄚ)	홍차 紅茶 (ㄏㄨㄥ.ㄔㄚ)	우롱차 烏龍茶 (ㄨ.ㄌㄨㄥ.ㄔㄚ)
유자차 柚子茶 (ㄧㄨ.ㄗㄚ.ㄔㄚ)	커피 咖啡 (ㄎㄛ.ㄆㄧ)	밀크티 奶茶 (ㄇㄧㄹ.ㄎ.ㄊㄧ)
우유 牛奶 (ㄨ.ㄧㄨ)	두유 豆漿 (ㄊㄨ.ㄧㄨ)	코코아 可可亞 (ㄎㄡ.ㄎㄡ.ㄚ)
주스 果汁 (ㄘㄨ.ㄙ)	콜라 可樂 (ㄎㄨㄹ.ㄌㄚ)	사이다 汽水 (ㄙㄚ.ㄧ.ㄉㄚ)
燒酒 / 啤酒 小米酒 / 高粱酒 → 請參考第82頁	양주 洋酒 (ㄧㄤ.ㄗㄨ)	와인 葡萄酒 (ㄨㄚ.ㄧㄣ)

飲食店
（음식점）

식당 一般餐廳 （ㄒㄧㄱ．ㄉㄤ）	레스토랑 西式餐廳 （ㄌㄝ．ㄙ．ㄊㄡ．ㄌㄤ）	부페 自助餐、吃到飽 （ㄆㄨ．ㄆㄝ） ＝ 뷔페
분식집 小吃店 （ㄆㄨㄴ．ㄒㄧㄱ．ㄐㄧㅂ）	한식집 韓式料理餐廳 （ㄏㄢ．ㄒㄧㄱ．ㄐㄧㅂ）	일식집 日式料理餐廳 （ㄧㄹ．ㄒㄧㄱ．ㄐㄧㅂ）
중국집 中國料理餐廳 （ㄘㄨㅇ．ㄍㄨㄱ．ㄐㄧㅂ） ＝ 중국 식당	패스트푸드점 速食店 （ㄆㄝ．ㄙ．ㄊ．ㄆㄨ．ㄉ．ㄗㄛㅁ）	맥도날드 麥當勞 （ㄇㄝㄱ．ㄉㄡ．ㄋㄚㄹ．ㄉ）
빵집 麵包店 （ㄅㄤ．ㄐㄧㅂ） ≒ 제과점	커피숍 咖啡廳 （ㄎㄛ．ㄆㄧ．ㄕㄡㅂ） ≒ 카페、다방	술집 酒店 （ㄙㄨㄹ．ㄐㄧㅂ）

實用韓語教室

★ 請給我 ☐ ，好嗎？

☐ 좀 주시겠어요?

(☐ . ㄘㄡㄇ . ㄘㄨ . ㄒㄧ . ㄍㄝ . ㄙㄛ . ㄧㄡˊ)

메뉴판 (ㄇㄝ . ㄋㄧㄨ . ㄆㄢ) 菜單	물 (ㄇㄨㄹ) 水
물수건 (ㄇㄨㄹ . ㄙㄨ . ㄍㄛㄣ) 濕巾	냅킨 (ㄋㄝㅂ . ㄎㄧㄴ) 餐巾紙
이쑤시개 (ㄧ . ㄙㄨ . ㄒㄧ . ㄍㄝ) 牙籤	빨대 (ㄅㄚㄹ . ㄉㄝ) 吸管
앞치마 (ㄚㅂ . ㄑㄧ . ㄇㄚ) 圍裙	

★ 麻煩幫我換個 ☐ 。

☐ 좀 바꿔 주세요.

(☐ . ㄘㄡㄇ . ㄆㄚ . ㄍㄨㄛ . ㄘㄨ . ㄙㄝ . ㄧㄡˋ)

컵 (ㄎㄛㅂ) 杯子	접시 (ㄘㄛㅂ . ㄒㄧ) 盤子
젓가락 (ㄘㄛㄉ . ㄍㄚ . ㄌㄚㄱ) 筷子	숟가락 (ㄙㄨㄛ . ㄍㄚ . ㄌㄚㄱ) 湯匙
불판 (ㄆㄨㄹ . ㄆㄢ) 烤盤	자리 (ㄘㄚ . ㄌㄧ) 位子

★ 麻煩幫我弄 ☐ 。

☐ 해 주세요.

(☐ . ㄏㄝ . ㄘㄨ . ㄙㄝ . ㄧㄡˋ)

아주 맵게 (ㄚ . ㄗㄨ . ㄇㄝㅂ . ㄍㄝ) 大辣

조금만 맵게 (ㄘㄡ . ㄍㄇ . ㄇㄢ . ㄇㄝㅂ . ㄍㄝ) 小辣

안 맵게 (ㄢ . ㄇㄝㅂ . ㄍㄝ) 不辣

여기 [구거] 중국어 로 된 메뉴판은 [파는] [엄] 없나요?

(一て．《一．ㄑㄨㄛ．《ㄨ．《て．ㄉㄡ．ㄊㄨㄝㄣ．ㄇㄝ．ㄋ一ㄨ．ㄆㄢ．ㄋㄣ．ㄷㄇ．ㄋㄚ．一ㄡ↗)

這裡有沒有中文版的菜單？

※ 영어 (一ㄡㄥ．て) 英文 / 일본어 (一ㄹ．ㄅㄡ．ㄋて) 日文

여기에서 가장 [마신] 맛있는 요리 좀 추천해 주세요.

(一．《一．ㄝ．ㄙㄛ．ㄎㄚ．ㄗㄤ．ㄇㄚ．ㄒ一ㄣ．ㄋㄣ．一ㄡ．ㄌ一．ㄘㄡㄇ．ㄘㄨ．ㄘㄛㄣ．ㄏㄝ．ㄘㄨ．ㄙㄝ．一ㄡ↘)

麻煩你推薦這裡最好吃的料理。

조금 이따가 주문할게요.

(ㄘㄡ．《ㄇ．一．ㄉㄚ．《ㄚ．ㄘㄨ．ㄇㄨㄥ．ㄏㄚㄌ．《ㄝ．一ㄡ↘)

等一下再點。

저 사람들이 [드리] [명] 먹는 건 뭐예요?

(ㄘㄛ．ㄙㄚ．ㄌㄚㄇ．ㄉ．ㄌ一．ㄇㄛㄥ．ㄋㄣ．《ㄛㄣ．ㄇㄨㄛ．一ㄝ．一ㄡ↗)

他們吃的是什麼？（指著隔壁桌）

저 도 같은 걸로 [가튼] 주세요.

(ㄘㄛ．ㄉㄡ．ㄎㄚ．ㄊㄣ．《ㄛㄌ．ㄌㄡ．ㄘㄨ．ㄙㄝ．一ㄡ↘)

請給我一樣的。

※ 저희 (ㄘㄛ．ㄏ一) 我們

이거 주세요.

(一．《て．ㄘㄨ．ㄙㄝ．一ㄡ↘)

請給我這個。（指著菜單上面的菜名）

이거 포장해 주세요.

(一．《て．ㄆㄡ．ㄗㄤ．ㄏㄝ．ㄘㄨ．ㄙㄝ．一ㄡ↘)

這個麻煩幫我打包。

[이써]

재미있어요.

(ㄘㄝ . ㄇㄧ . ㄧ . ㄙㄛ . ㄧㄡˋ)

好玩。

STEP 6.

관광

（ㄍㄨㄢ.ㄍㄨㄤ）

觀 光

- 경복궁 景福宮
- 인사동 仁寺洞
- 서울타워 首爾塔
- 롯데월드 樂天世界
- 여의도 汝矣島
- 제주도 濟州島
- 설악산 雪嶽山
- 난타 亂打秀
- 연예인 사인회 明星簽名會

경복궁（ㄎㄧㄛㄥ．ㄅㄡㄱ．ㄍㄨㅇ）景福宮

여기 [A]는 / [B]은 어디에 있어요?

[이써]

（ㄧㄛ．ㄍㄧ．[A]ㄋㄣ/[B]ㄜㄣ．ㄛ．ㄉㄧ．ㄝ．ㄧ．ㄙㄛ．ㄧㄡ↗）

這裡的[　　]在哪裡？

把以下片語套進[　　]，開口說說看！

A 매표소 （ㄇㄝ．ㄆㄧㄡ．ㄙㄡ） 售票處＝표 파는 곳	A 관광 안내소 （ㄎㄨㄢ．ㄍㄨㄤ．ㄢ．ㄋㄝ．ㄙㄡ） 觀光諮詢處	A 물품 보관소 （ㄇㄨㄹ．ㄆㄨㄇ．ㄆㄡ．ㄍㄨㄢ．ㄙㄡ） 行李寄存、寄物櫃
B 기념품 파는 곳 （ㄎㄧ．ㄋㄧㄛㄇ．ㄆㄨㄇ．ㄆㄚ．ㄋㄣ．ㄎㄡㄷ） 販售紀念品處	B 화장실 （ㄏㄨㄚ．ㄗㄤ．ㄒㄧㄹ） 化妝室	B 흥례문 （ㄏㅇ．ㄌㄝ．ㄇㄨㄴ） 興禮門（請見右頁的說明）

跟韓國人說說看！

Ａ：나 (ㄋㄚ) 我 ／ Ｂ：친구 (ㄑㄧㄣ.ㄍㄨ) 朋友

[널버]　　　　　　　　　　　　　　　[게써]
Ａ：너무 넓어서 어디가 어디인지 모르겠어요.
（ㄋㄛ.ㄇㄨ.ㄋㄛㄹ.ㄅㄛ.ㄙㄛ.ㄛ.ㄉㄧ.ㄍㄚ.ㄛ.ㄉㄧ.ㄧㄣ.ㄐㄧ.ㄇㄡ.ㄌㄜ.ㄍㄝ.ㄙㄛ.ㄧㄡˋ）
因為太寬敞了，搞不清楚哪裡是哪裡耶。

[어더]　　[게써]
Ｂ：그러게요. 일단 경복궁 안내 지도부터 얻어야겠어요.
（ㄎ.ㄌㄛ.ㄍㄝ.ㄧㄡˋ‖ㄧㄹ.ㄉㄢ.ㄎㄧㄛㄥ.ㄅㄡㄍ.ㄍㄨㄥ.ㄢ.ㄋㄝ.ㄐㄧ.ㄉㄡ.ㄆㄨ.ㄊㄛ.ㄛ.ㄉㄛ.ㄧㄚ.ㄍㄝ.ㄙㄛ.ㄧㄡˋ）
就是啊。我看要先拿景福宮導覽地圖才行。

<剛好有一位觀光客經過>
Ａ：저기요, 말씀 좀 여쭐게요.
（ㄘㄛ.ㄍㄧ.ㄧㄡ.ㄇㄚ.ㄙㄇ.ㄘㄨㄛ.ㄛ.ㄗㄨㄛ.ㄍㄝ.ㄧㄡˋ）
那裡……（在韓文中，要稱呼陌生人時最常用的說法）請問一下。

[이써]
여기 관광 안내소는 어디에 있어요?
（ㄧㄛ.ㄍㄧ.ㄎㄨㄢ.ㄍㄨㄤ.ㄢ.ㄋㄝ.ㄙㄡ.ㄋㄣ.ㄛ.ㄉㄧ.ㄝ.ㄧ.ㄙㄛ.ㄧㄡˊ）
這裡的觀光諮詢處在哪裡？

韓國觀光景點「景福宮」

　　景福宮是朝鮮時代的皇宮，也是韓劇《明成皇后》拍攝地點，想體驗韓國歷史的遊客可以去逛逛。門票只要韓幣三千元（台幣一百元），也有免費中文導覽員，讓您更了解每個細節。除了可以欣賞古色古香的韓國傳統建築和美麗的風景外，還可以參觀莊嚴的交接儀式。看完交接儀式後，可以跟韓式古裝扮相的人員拍照，也可以租韓服來穿穿看，是很受外國遊客歡迎的地方。

★ 興禮門：從景福宮的正門（光化門 광화문）一進去會看到的大門。售票處、觀光諮詢處、交接儀式、寄物櫃都在這裡。每天定時有的免費中文導覽團從這裡出發，也推薦在一旁租借語音導覽機（附有一張導覽地圖）來聽。

★ 慶會樓（경회루）：朝鮮時代，國家逢喜事或迎接外交使節時舉行宴會的地方，前面有一個很大的池塘，是景福宮照相最佳地點。

觀光 景福宮

인사동 (ㅡㄣ.ㄙㄚ.ㄉㄨㄥ) 仁寺洞

다시 한 번 말씀해

[게써]
주시겠어요?

(ㄊㄚ.ㄒㄧ.ㄏㄢ.ㄅㄣ.ㄇㄚㄹ.ㄙㅁ.ㄏㅐ . ㄘㄨ.ㄒㄧ.ㄍㅔ.ㄙㄛ.ㄧㄡ↗)

麻煩 再說一次 ，好嗎？

把以下片語套進 ，開口說說看！

좀 천천히 말씀해
(ㄐㄨㄥ.ㄘㄛㄣ.ㄘㄛㄣ.ㄧ.ㄇㄚㄹ.ㄙㅁ.ㄏㅐ)

說慢一點

영어로 설명해
(ㅡㅣㄛㄥ.ㄛ.ㄌㄛ.ㄌㄛㄹ.ㄇㅡㄥ.ㄏㅐ)

用英文說明

여기에 약도 좀 그려
(ㅡㄛ.ㄍㅔ.ㄝ.ㄧㄚㄍ.ㄉㄛ.ㄐㄨㄥ.ㄎㅡ.ㄌㄧㄛ)

在這裡畫地圖

길 안내 좀 해
(ㄎㅡㄹ.ㄢ.ㄋㅐ.ㄐㄨㄥ.ㄏㅐ)

指引道路

[찌거]
사진 좀 찍어
(ㄙㄚ.ㄐㄧㄣ.ㄐㄨㄥ.ㄗㅡ.ㄍㄛ)

幫我照相

跟韓國人說說看！

Ａ：한국사람 (ㄏㄢ.《ㄨㄱ.ㄙㄚ.ㄌㄚㅁ) 韓國人 / Ｂ：나 (ㄋㄚ) 我

＜問路之後對方回答＞

[쪼그]　[도라]

Ａ：이 길로 쭉 가다가 사거리에서 오른쪽으로 돌아가시 면
돼요.

(ㄧ.ㄎㄧㄌ.ㄌㄡ.ㄗㅈㄍ.ㄎㄚ.ㄉㄚ.《ㄚ.ㄙㄚ.《ㄛ.ㄌㄧ.ㅐ.ㄙㄛ.ㄡ.ㄌㄣ.ㄗㄡ.《.
ㄌㄡ.ㄊㄡ.ㄌㄚ.ㄎㄚ.ㄒㄧ-.ㄇㄜㄣ.ㄊㄨㅐ.ㄧㄡˊ)

這條路直直走，在十字路口右轉就可以。

[게써]

Ｂ：죄송하지만 좀 천천히 말씀해 주시겠어요？

(ㄔㄨㅐ.ㄙㄨㄥ.ㄏㄚ.ㄐㄧ.ㄇㄢ.ㄘㄛㄇ.ㄘㄛㄣ.ㄘㄜㄣ.ㄏㄧ.ㄇㄚㄌ.ㄙㄛㅁ.ㄏㄝ.ㄘㄨ.ㄒㄧ-.《ㄝ.ㄙㄛ.ㄧㄡˊ)

對不起，麻煩說慢一點，好嗎？

[구긴]

Ａ：어, 외국인이셨군요！

(ㄛ..ㄨㄝ.《ㄨ.《ㄧ-ㄣ.ㄧ.ㄗㄛㄜ.《ㄨㄥ.ㄧㄡˇ)

噢，原來你是外國人。

저 따라 오세요. 제가 데려다 드릴게요.

(ㄘㄛ.ㄉㄚ.ㄌㄚ.ㄡ.ㄙㄝ.ㄧㄡˋ‖ㄘㄝ.《ㄚ.ㄊㄝ.ㄌㄧㄛ.ㄉㄚ.ㄊ.ㄌㄧㄌ.《ㄝ.ㄧㄡˋ)

請跟我來。我帶你去。

韓國觀光景點「仁寺洞」

　　「仁寺洞」是在首爾這樣的大都會裡，難得可以體驗到韓國傳統文化的地方。主街兩旁和小巷子裡，聚集了一百多家畫廊、古董店、傳統工藝店、傳統茶藝館與餐廳，充滿了韓國味和藝術氣息，是外國遊客必遊之處。尤其在星期天，當地會管制交通，車輛不能進來，更方便逛街。主街上還有些傳統表演和攤子可以逛。想買紀念品送親朋好友，就在這裡買吧。比起機場，這裡的價格又便宜，選擇又多，極推薦！時間允許的話，可以到傳統茶藝館嚐嚐韓國傳統茶，要不然也可以在傳統酒店點些煎餅配米酒，體驗一下道地韓國飲食文化！

★ 以有特色和具設計感的小店為主的「SSAMZIEGIL 綜合商場（쌈지길）」與全世界唯一捨棄英文、直接以外語（韓文）拼音設立招牌的「星巴克（스타벅스커피）」是去仁寺洞不能錯過的地點喔！

서울타워 (ㄙㄛ．ㄨㄹ．ㄊㄚ．ㄨㄛ) 首爾塔

전망대는 밤 11시 까지 해요.

(ㄘㄛㄣ．ㄇㄤ．ㄉㄝ．ㄋㄣ．ㄆㄚㄇ．ㄧㄛㄹ．ㄏㄢ．ㄒㄧ．ㄍㄚ．ㄐㄧ．ㄏㄝ．ㄧㄡ↘)

觀景台開到 晚上十一點 為止。

把以下片語套進 ____，開口說說看！

아침 (ㄚ．ㄑㄧㄇ) 早上	오전 (ㄡ．ㄗㄛㄣ) 上午	오후 (ㄡ．ㄏㄨ) 下午
저녁 (ㄘㄛ．ㄋㄧㄛㄱ) 晚上 （大概六點至九點）	밤 (ㄆㄚㄇ) 晚上 （大概九點之後的深夜）	[어패] ※24시간 영업해요. (ㄧ．ㄒㄧㅂ．ㄙㄚ．ㄒㄧ．ㄍㄢ．ㄧㄛㄥ．ㄛ．ㄆㄝ．ㄧㄡ↘) 二十四小時營業。

※ 一點～十二點 → 請參考第20頁

跟韓國人說說看！

A：나 (ㄋㄚ) 我 ／ B：친구 (ㄑㄧㄣˋ.ㄍㄨ) 朋友

＜吃晚餐之後＞

A：우리 이제 어디 구경하러 갈까요?
（ㄨˋ.ㄌㄧˋ.ㄧˋ.ㄗㄝ.ㄛˋ.ㄉㄧ.ㄎㄨ.ㄍㄧㄥ.ㄏㄚ.ㄌㄜ.ㄎㄚㄌ.ㄍㄚ.ㄧㄡˊ）
我們現在要去哪裡逛一逛呢？

B：서울타워 어때요?
（ㄙㄛ.ㄨㄌ.ㄊㄚ.ㄨㄛ.ㄛ.ㄉㄝ.ㄧㄡˊ）
首爾塔如何？

　　　　　　[아나쑬]　　　　　　　　　　　　　[너먼]
A：너무 늦지 않았을까요? 벌써 7시가 넘었는데……
（ㄋㄛ.ㄇㄨ.ㄋㄜ.ㄐㄧ.ㄚ.ㄋㄚㄙㄥ.ㄍㄚ.ㄧㄡˊ∥ㄆㄛㄌ.ㄙㄛ.ㄌ.ㄍㄓㄝ.ㄒㄧ.ㄍㄚ.ㄋㄛㄇㄣ.ㄋㄣ.ㄉㄟ）
會不會太晚？已經都過七點了……

　　　[차나]
B：괜찮아요.
（ㄎㄨㄝㄥ.ㄑㄚ.ㄋㄚ.ㄧㄡˋ）
沒關係。

서울타워 전망대는 밤 11시까지 하고 테디베어
뮤지엄도 10시까지 해요.
（ㄙㄛ.ㄨㄌ.ㄊㄚ.ㄨㄛ.ㄑㄣㄥ.ㄇㄤ.ㄉㄝ.ㄋㄣ.ㄆㄚㄇ.ㄧㄛㄌ.ㄏㄢ.ㄒㄧ.ㄍㄚ.ㄐㄧ.ㄏㄚ.
ㄍㄡ.ㄊㄝ.ㄉㄧ.ㄅㄝ.ㄛ.ㄇㄩ.ㄐㄧ.ㄛㄇ.ㄉㄡ.ㄧㄛㄌ.ㄒㄧ.ㄍㄚ.ㄐㄧ.ㄏㄝ.ㄧㄡˋ）
首爾塔觀景台開到晚上十一點，泰迪熊博物館也開到十點為止。

韓國觀光景點「首爾塔」

　　首爾塔觀景台，是觀賞首爾市區全景的好地方。位於南山上的首爾塔，建議從山下搭纜車上去，一齣在台灣很受歡迎的韓劇《我叫金三順》，劇中的男女主角所搭的纜車，就是這裡。因為首爾塔本身有很棒的照明設計，夜晚非常美麗，所以建議傍晚搭纜車上去，接著搭首爾塔裡面的電梯到塔頂，在俯瞰首爾市區和賞夕陽美景及夜景之後，最後再體驗首爾塔本身壯觀和漂亮的燈光秀。

★ 設在首爾塔地下一樓的「泰迪熊博物館」、二樓的「天空洗手間」、五樓的每120分鐘轉動360度的西餐廳「n.Grill」（必須要事前預約）也是很受遊客歡迎的景點。尤其是，露台邊有一大片鐵絲網牆和幾棵鐵絲網樹，上面全部掛滿了情人鎖（就是情侶之間寫下誓言，再用鎖頭鎖在鐵絲網上，當作彼此的約定），不妨親自試試看！

觀光
首爾塔

롯데월드 (ㄌㄡㄷ˙ . ㄉㄝ . ㄨㄛㄌ˙ . ㄉ) 樂天世界

어른 1장 주세요.

(ㄛ˙ . ㄌㄣ . ㄏㄢ . ㄗㄤ . ㄘㄨ . ㄙㄝ . ㄧㄡˋ)

給我一張 成人（票）。

把以下片語套進 □□□，開口說說看！

[리니] 어린이 (ㄛ˙ . ㄌㄧ . ㄋㄧ) 小朋友	청소년 (ㄘㄛㄥ . ㄙㄡ . ㄋㄧㄛㄣ) 青少年	학생 (ㄏㄚㄱ . ㄙㄝㅇ) 學生	대인 (ㄊㄝ . ㄧㄣ) 大人
소인 (ㄙㄡ . ㄧㄣ) 小孩	입장권 (ㄧㅂ . ㄗㅊ . ㄍㄨㄣ) 門票		자유이용권 (ㄘㄚ . ㄧㄨ . ㄧ . ㄩㄥ . ㄍㄨㄣ) 無限通行票、套票

※ 票的數量 → 請參考第20頁 / 價錢 → 請參考第50頁

跟韓國人說說看！

A：나 (ㄋㄚ) 我 ／ B：친구 (ㄑㄧㄣ.ㄍㄨ) 朋友
C：매표소직원 (ㄇㄝ.ㄆㄧㄡ.ㄙㄡ.ㄐㄧ.ㄍㄨㄣ) 售票員

〈在售票處〉

A：자유이용권 2장 주세요. 얼마예요？
（ㄘㄚ.ㄧㄨ.ㄧ.ㄩㄥ.ㄍㄨㄣ.ㄊㄨ.ㄗㄤ.ㄘㄨ.ㄙㄝ.ㄧㄡˋ∥ㄛㄌ.ㄇㄚ.ㄧㄝ.ㄧㄡˊ）
給我二張無限通行票。多少錢？

[임]
C：70,000원입니다.
（ㄑㄧㄌ.ㄇㄢ.ㄨㄣ.ㄧㄇ.ㄋㄧ.ㄉㄚˋ）
是七萬元。

〈進去樂天世界之後〉

[구게]
A：여기가 한국 드라마 '천국의 계단'에 나왔던 곳 맞죠？
（ㄧ.ㄍㄧ.ㄍㄚ.ㄏㄢ.ㄍㄨㄍ.ㄊㄨ.ㄌㄚ.ㄇㄚ.ㄑㄨㄣ.ㄍㄨ.ㄍㄝ.ㄉㄢ.ㄝ.ㄋㄚ.ㄨㄚ.ㄉㄛㄣ.ㄎㄛㄉ.ㄇㄤㄜ.ㄐㄡˊ）
這裡是韓劇《天國的階梯》裡出現過的地方，沒錯吧？

[마자]
B：네, 맞아요.
（ㄋㄝ.ㄇㄚ.ㄗㄚ.ㄧㄡˋ）
是，沒錯。

[몽]　　　　　　　　　　　　　[타쎄쎄]
남녀 주인공이 여기에서 회전목마도 타고 스케이트도 탔었어요.
（ㄋㄚㄇ.ㄋㄛ.ㄘㄨ.ㄧㄣ.ㄍㄨㄥ.ㄧ.ㄧㄛ.ㄍㄧ.ㄝ.ㄙㄛㄣ.ㄏㄨㄝ.ㄗㄛㄣ.ㄇㄨㄥ.ㄇㄚ.ㄉㄡ.ㄊㄚ.ㄍㄡ.ㄙ.ㄎㄝ.ㄧ.ㄊ.ㄉㄡ.ㄊㄚ.ㄙㄛ.ㄙㄛ.ㄧㄡˋ）
男女主角曾經在這裡坐過迴轉木馬，也玩過溜冰。

韓國觀光景點「樂天世界」

　　樂天世界是常在韓劇裡出現的遊樂場，位於首爾市區。整個樂園三分之二在室內，所以無論天氣如何，都可以盡情地玩。此外，也可以另購門票玩溜冰、民俗博物館、室內游泳池、保齡球場等等。這裡的景點和表演節目非常多，對愛玩的年輕人而言，是玩一天也嫌不夠的地方！

詳細活動可參照官方網站。http://www.lotteworld.com

★ 天氣好的時候，尤其是五月玫瑰花季節和十月底楓葉季節時，去另外一家「愛寶樂園 에버랜드」也是很个錯的選擇。這裡除了遊樂設施以外，還有廣大的花園、動物園、戶外游泳池、雪橇場。整個環境非常夢幻與歡樂、充滿歐洲的氣息和浪漫，保證會玩得很過癮。http://www.everland.com

觀光 樂天世界

여의도 (一ʊ . 一 . ㄉㄡ) 汝矣島

단풍이 참 아름답네요.

[담]

(ㄊㄢ . ㄆㄨㄥ . 一 . ㄘㄚㄇ . ㄚ . ㄌㄇ . ㄉㄚㄇ . ㄋㄝ . 一ㄡˋ)

楓葉 真的好 美 喔。

把以下片語套進 ▢▢▢▢，開口說說看！

풍경	설경	야경
(ㄆㄨㄥ . 《一ㄛㄥ)	(ㄙㄛㄹ . 《一ㄛㄥ)	(一ㄚ . 《一ㄛㄥ)
風景	雪景	夜景

예쁘네요	멋지네요	낭만적이네요 [저기]
(一ㄝ . ㄅ . ㄋㄝ . 一ㄡˋ)	(ㄇㄛㄉ . ㄐㄧ . ㄋㄝ . 一ㄡˋ)	(ㄋㄤ . ㄇㄢ . ㄗㄛ . 《一 . ㄋㄝ . 一ㄡˋ)
漂亮	棒、精彩	浪漫

跟韓國人說說看！

Ａ：나 (ㄋㄚ) 我 / Ｂ：친구 (ㄑㄧㄣ．ㄍㄨ) 朋友

Ａ：와, 벗꽃이 참 아름답네요.
[꼬치] [담]
(ㄨㄚ．．ㄅㄛㄥ．ㄍㄡ．ㄑㄧ．ㄘㄚㄇ．ㄚ．ㄌㄇ．ㄅㄚㄇ．ㄋㅔ．ㄧㄡˋ)
哇，櫻花真的好美喔。

Ｂ：그러게요. 한 폭의 그림 같아요.
[포게] [가타]
(ㄎ．ㄌㄛ．ㄍㅔ．ㄧㄡˋ‖ㄏㄢ．ㄆㄡ．ㄍㅔ．ㄎ．ㄌㄧㅁ．ㄍㄚ．ㄊㄚ．ㄧㄡˋ)
就是啊。好像一幅畫一樣。

우리 벗꽃을 배경으로 사진 한 장 찍을까요?
[꼬츨] [찌글]
(ㄨ．ㄌㄧ．ㄅㄛㄥ．ㄍㄡ．ㄘㄜㄝ．ㄍㄧㄥ．ㄜ．ㄌㄡ．ㄙㄚ．ㄐㄧㄣ．ㄏㄢ．ㄗㄤ．ㄐㄧ．ㄍㄚ．ㄧㄡˊ)
我們要不要以櫻花當背景拍張照片呢？

Ａ：좋아요.
[조]
(ㄘㄡ．ㄚ．ㄧㄡˋ)
好啊。

觀光 汝矣島

韓國觀光景點「汝矣島」

　　汝矣島是位於韓國首爾漢江上的一個小島，國會議事堂、各大證券公司總部、廣播電視台KBS、MBC的總部都在這裡，可說是韓國政治、金融及媒體中心。

　　汝矣島櫻花樹特別多、特別美，每年四月初櫻花盛開季節，會吸引很多遊客到這裡賞花。韓國的櫻花和日本很相似，偏白而且有著淡淡的粉紅色，整條大馬路兩旁都是滿滿的櫻花樹，像下雪一般隨著風飄來飄去的櫻花，真的美得像一幅畫。

　　去汝矣島，也要看一下韓劇《我的女孩》裡出現過的金色塔「63大廈」，特殊的雙層反射玻璃讓大樓在陽光照射下呈現金黃色，很特別。大廈裡面有商場、水族館，還有觀景台。晚上還可以到渡船頭（從63大廈，越過一條馬路就是）搭漢江遊覽船欣賞漢江的夜景。漢江總共有二十幾座橋，各有各的特色和照明設計。很值得試試看。

[찌거]

저희 사진 좀 찍어

[게써]

주시겠어요 ？

（ㄘㄛ.ㄏㄧ.ㄙㄚ.ㄐㄧㄣ.ㄘㄨㄇ．ㄐㄧ.ㄍㄛ.ㄘㄨ.ㄒㄧ.ㄍㄝ.ㄙㄛ.ㄧㄡˊ）

麻煩 幫我們 照 相 ， 好嗎 ？

把以下片語套進 □ ， 開口說說看 ！

가로로	세로로	상반신만 나오게
（ㄎㄚ.ㄌㄨ.ㄌㄨ）	（ㄙㄝ.ㄌㄨ.ㄌㄨ）	（ㄙㄤ.ㄅㄢ.ㄒㄧㄣ.ㄇㄢ.ㄋㄚ.ㄨ.ㄍㄝ）
橫著	竪著	只照上半身

[시니] 전신이 다 나오게	[꼬츨] 저 꽃을 배경으로	[무를] 저 건물을 배경으로
（ㄘㄛㄣ.ㄒㄧ.ㄋㄧ.ㄉㄚ.ㄋㄚ.ㄨ.ㄍㄝ）	（ㄘㄛ.ㄍㄛ.ㄘㄜㄦ.ㄅㄝㄍ.ㄧㄥ.ㄜ.ㄌㄨ）	（ㄘㄛ.ㄎㄛㄴ.ㄇㄨ.ㄌㄜㄦ.ㄅㄝㄍ.ㄧㄥ.ㄜ.ㄌㄨ）
照全身	以那朵花當背景	以那棟建築當背景

跟韓國人說說看！

A：나 (ㄋㄚ) 我 / B：한국사람 (ㄏㄢ．ㄍㄨㄱ．ㄙㄚ．ㄌㄚㅁ) 韓國人

[찌거]　　[게써]

A：저기요, 죄송하지만 저희 사진 좀 찍어 주시겠어요?
（ㄘㄜ．ㄍㄧ．ㄧㄡ．ㄘㄨ㟄ㄥ．ㄏㄚ．ㄐㄧ－ㄇㄢ．ㄘㄜ．ㄏㄧ．ㄙㄚ．ㄐㄧㄣ．ㄘㄨㄇ．ㄐㄧ－ㄍㄛ．ㄘㄨ．ㄒㄧ－ㄍㄟ．ㄙㄜ－ㄧㄡˊ）
那裡……不好意思，麻煩幫我們照相，好嗎？

이 버튼만 누르시면 돼요.
（ㄧ－．ㄅㄛ．ㄊㄥ．ㄇㄢ．ㄋㄨ．ㄌ．ㄒㄧ－．ㄇㄛㄋ．ㄊㄨㄟㄟ）
只要按這個按鈕就可以。

[씀]　　　　[우스]

B：네, 알겠습니다. 자, 웃으세요. 하나 둘 셋!
（ㄋㄟ．ㄚㄌ．ㄍㄟ．ㄙㄇ．ㄋㄧ－．ㄉㄚㄚ．ㄗㄚ．ㄨ．ㄙ．ㄙㄟ．ㄧㄡㄡ．ㄏㄚ．ㄋㄚ．ㄊㄨㄌ．ㄙㄟㄛˇ）
好，我知道了。那麼，笑一個吧。一、二、三！

[찌거]　　　　[게써]

A：죄송하지만 한 장 더 찍어 주시겠어요?
（ㄘㄟ．ㄙㄨㄥ．ㄏㄚ．ㄐㄧ－ㄇㄢ．ㄏㄢ．ㄗㄤ．ㄊㄛ．ㄗㄧ－．ㄍㄛ．ㄘㄨ．ㄒㄧ－．ㄍㄟ．ㄙㄜ－ㄧㄡˊ）
對不起，麻煩再照一張，好嗎？

韓國觀光景點「濟州島」

　　濟州島位於韓國的最南部。由於氣候宜人、風景美麗，因此有「韓國的夏威夷」之稱，也是韓國人度假、尤其度蜜月的首選。韓國人說濟州島有三多，就是「風多、石頭多、女人多」。「風多」是因為小島當地風大，而且夏天常有颱風。「石頭多」是因為該地是火山爆發形成的島，所以表面黑色及坑坑洞洞的玄武岩特別多。當地人用玄武岩做成「石頭公公」，並視祂為守護神。傳說中摸石頭公公的鼻子就可以生男孩喔！至於「女人多」是因為男人出海捕魚常被大海吞噬，剩下的女人只能在沿海捕撈海產，所以老一輩濟州島女性大多是海女。

★ 三月底～四月是油菜花的季節，整個濟州島被染成一片黃橙橙的，一萬多坪金黃色的油菜花田，絕對會留給您美好的回憶。

★ 冬天盛產的「濟州橘子」很有名，非常香甜可口。在濟州島各地的橘子園可親自採收品嚐，絕對不能錯過！

★ 韓劇的忠實觀眾可以去參觀《ALL IN》、《大長今》、《太王四神記》等拍攝場景，《宮—野蠻王妃》裡出現過的「泰迪熊博物館」也是很受歡迎的景點。

설악산(ㄙㄛ.ㄌㄚㄱ.ㄙㄢ)雪嶽山

A를 / B을 빌리고 싶은데요.

[시픈]

(A ㄌㄹ/B ㄜㄹ.ㄆㄧㄹ.ㄌㄧ.ㄍㄡ.ㄒㄧ.ㄆㄴ.ㄉㄝ.ㄧㄡ↘)

我想租借□。

把以下片語套進□，開口說說看！

A 스키 (ㄙ.ㄎㄧ) 滑雪板 （二支高過身長的雪板）	A 스노우 보드 (ㄙ.ㄋㄡ.ㄨ.ㄆㄡ.ㄉ) 雪地滑板 （有點類似超大滑板但是沒有輪子）	A 스케이트 (ㄙ.ㄎㄝ.ㄧ.ㄊ) 溜冰鞋 （冰刀）
B 스키복 (ㄙ.ㄎㄧ.ㄅㄡㄱ) 滑雪裝	B 고글 (ㄎㄡ.ㄍㄹ) 滑雪專用護目鏡	A 눈썰매 (ㄋㄨㄴ.ㄙㄛㄹ.ㄇㄝ) 雪橇

跟韓國人說說看！

Ａ：나 (ㄋㄚ) 我 / Ｂ：스키장직원 (ㄙ.ㄎㄧ.ㄗㄤ.ㄐㄧ.ㄍㄨㄣ) 滑雪場職員

Ａ：스키하고 스키복을 빌리고 싶은데요. [보글] [시픈]
（ㄙ.ㄎㄧ.ㄏㄚ.ㄍㄡ.ㄙ.ㄎㄧ.ㄅㄡ.ㄍㄹ.ㄆㄧㄹ.ㄌㄧ.ㄍㄡ.ㄒㄧ.ㄆㄣ.ㄉㄝ.ㄧㄡˋ）
我想租借滑雪板和滑雪裝。

하루 빌리는데 얼마인가요？
（ㄏㄚ.ㄌㄨ.ㄆㄧㄌ.ㄌㄧ.ㄋㄣ.ㄉㄝ.ㄛㄌ.ㄇㄚ.ㄧㄣ.ㄍㄚ.ㄧㄡˊ）
租借一天要多少錢呢？

Ｂ：45,000원입니다. [임]
（ㄙㄚ.ㄇㄢ.ㄨ.ㄘㄛㄣ.ㄨㄣ.ㄧㅁ.ㄋㄧ.ㄉㄚˋ）
是四萬五千元。

Ａ：강습도 받을 수 있나요？ [바들] [인]
（ㄎㄤ.ㄙㅂ.ㄉㄡ.ㄆㄚ.ㄉㄹ.ㄙㄨ.ㄧㄣ.ㄋㄚ.ㄧㄡˊ）
也有提供教學課程嗎？

Ｂ：네, 여기 요금표가 있으니까 보시고 결정하세요. [이쓰]
（ㄋㄝ.ㄧㄛ.ㄍㄧ.ㄧㄛ.ㄍㅁ.ㄆㄧㄡ.ㄍㄚ.ㄧ.ㄙ.ㄋㄧ.ㄍㄚ.ㄆㄡ.ㄒㄧ.ㄍㄡ.ㄎㄧㄛㄌ.ㄐㄛㄥ.ㄏㄚ.ㄙㄝ.ㄧㄡˋ）
是，這裡有價格表，看完之後再決定吧。

韓國觀光景點「雪嶽山」

雪嶽山位於韓國的東部。最推薦的是秋季、充滿楓葉的雪嶽山。在韓國，雖然每年因氣候條件而有所不同，但從十月中旬開始，山上的樹便換上黃色、紅色的衣服，到十一月初，到處便都是艷紅的楓葉樹，非常浪漫。在韓國，只要是秋天，隨處可見楓葉，但想看更精采的風景，去雪嶽山就對了。

除了秋天，冬天去雪嶽山賞雪也是不錯的選擇。一旦山上下了雪，滑雪、溜冰等各類雪地活動也跟著動起來。通常滑雪場裡和附近都可租借到護目鏡、手套、滑雪鞋，不論是玩一般滑雪還是滑雪板，這裡統統都有，初次體驗滑雪或滑雪板的旅客，也可以報名教學課程，在短短的幾個鐘頭裡，便可學會自由滑行。至於在滑雪場的穿著，一定要準備能保暖、防水、透氣、容易穿脫的衣服，千萬別穿牛仔褲！

觀光
雪嶽山

난타 (ㄋㄢ.ㄊㄚ)亂打秀

[찍그]
여기에서 사진 찍으시 면 안 돼요.

(一ㄛ.《一.ㄝ.ㄙㄛ.ㄙㄚ.ㄐㄣ.ㄗ一.《.ㄒ一. ㄇㄛㄣ.ㄋ.ㄊㄨㄝ.一ㄡˋ)

請勿 在這裡照相。

把以下片語套進 ▭ ，開口說說看！

플래시 사용하시
(ㄆㄛ.ㄌㄝ.ㄒ一.ㄙㄚ.ㄩㄥ.ㄏㄚ.ㄒ一.ㄌㄛ)
使用閃光燈

[안즈]
여기에 앉으시
(一ㄛ.《一.ㄝ.ㄋ.ㄗ.ㄒ一.ㄗ)
坐在這裡

이거 만지시
(一.《ㄛ.ㄇㄢ.ㄐ一.ㄒ一)
觸摸這個

여기에서 음식 드시
(一ㄛ.《一.ㄝ.ㄙㄛ.ㄥㄇ.ㄒ一ㄍ.ㄊ.ㄒ一.ㄌㄛ)
在這裡吃東西

[아느]   [드러]
안으로 들어가시
(ㄚ.ㄋ.ㄌㄡ.ㄊ.ㄌㄛ.ㄅㄚ.ㄒ一)
進入裡面

跟韓國人說說看！

A：나 (ㄋㄚ) 我 / B：매표소직원 (ㄇㄝ.ㄆ一ㄡ.ㄙㄡ.ㄐㄧ.ㄍㄨㄣ) 售票員

A：3시 표 두 장 주세요.
（ㄙㄝ.ㄒ一.ㄆ一ㄡ.ㄊㄨ.ㄗㄤ.ㄘㄨ.ㄙㄝ.一ㄡˋ）
請給我二張三點的票。

- -

B：손님, 3시 공연 표는 이미 매진되었습니다.[씀]
（ㄙㄡㄴ.ㄋㄧㄇ.ㄙㄝ.ㄒ一.ㄎㄨㄥ.一ㄢ.ㄆ一ㄡ.ㄋㄣ.一.ㄇ一.ㄇㄝ.ㄐㄧㄣ.ㄊㄨㄝ.ㄛ.ㄙㄇ.ㄋ一.ㄉㄚˋ）
客人，三點的表演票已經賣完了。

다음 공연은 7시에 시작하는데 보시겠어요?[여는][자카][게써]
（ㄊㄚ.ㄜㄇ.ㄎㄨㄥ.一ㄢ.ㄦㄥˊ.ㄍㄨㄝ.ㄒ一.ㄝ.ㄒ一.ㄗㄚ.ㄎㄚ.ㄋㄢ.ㄋㄝ.ㄊㄡ.ㄒ一.ㄍㄝ.ㄙㄛ.一ㄡˊ）
下一場是七點開始，要不要看呢？

A：네, 그럼 7시 표로 두 장 주세요.
（ㄋㄝ.ㄎ.ㄌㄛㄇ.一ㄦˊ.ㄍㄨㄝ.ㄒ一.ㄆ一ㄡ.ㄌㄨ.ㄊㄨ.ㄗㄤ.ㄘㄨ.ㄙㄝ.一ㄡˋ）
好啊，那麼請給我二張七點的票。

- -

B：표 여기 있습니다.[씀]
（ㄆ一ㄡ.一ㄛ.ㄍㄧ.一.ㄙㄇ.ㄋ一.ㄉㄚˋ）
票在這裡。

＜發現客人拿菸出來＞

손님！여기에서 담배 피우시면 안 돼요.
（ㄙㄡㄴ.ㄋㄧㄇ.∥一ㄛ.ㄍㄧ.ㄝ.ㄙㄛ.ㄊㄚㄇ.ㄅㄝ.ㄆ一.ㄨ.ㄒ一.ㄇ一ㄢˇ.ㄋ.ㄊㄨㄝ.一ㄡˋ）
客人！請勿在這裡抽菸。

韓國觀光景點「亂打秀」

　　亂打秀是韓國史上吸引最多觀眾入場的表演。表演者用各種廚房器具（刀子、鍋鏟、平底鍋等）演奏出韓國傳統音樂節拍，再加上幽默的情節，從頭到尾絕無冷場。劇中只有極少對白，全靠肢體語言跟觀眾互動，也會邀請現場觀眾參與演出。是超越性別、年齡、國籍的表演。亂打秀曾做過世界巡迴公演，也來過台灣，想欣賞更原汁原味的表演，亂打秀絕對不能錯過！

★「Jump」是和「亂打秀」並列為韓國最著名的非語言表演。以韓國傳統武術跆拳道等武打動作及體操為主的高難度演出，令觀眾屏氣凝神，而且穿插著搞笑場面常令人捧腹大笑。既有趣又好看，強力推薦！

연예인 사인회（一ㄛㄣ·一ㄝ·一ㄣ·ㄙㄚ·一ㄣ·ㄏㄨㄝ）明星簽名會

[찌거]

여기에서 사진 찍어 도 돼요?

（一ㄛ·ㄍ一·ㄝ·ㄙㄛ·ㄙㄚ·ㄐ一ㄣ·ㄗ一·ㄍㄛ·ㄅㄡ·ㄊㄨㄝ·一ㄡ↗）

可以 在這裡照相 嗎？

把以下片語套進 □□□，開口說說看！

[가치]　　　　[찌거]	[안자]	
같이 사진 찍어	여기에 앉아	악수해
（ㄎㄚ·ㄑ一·ㄙㄚ·ㄐ一ㄣ·ㄗ一·ㄍㄛ）	（一ㄛ·ㄍ一·ㄝ·ㄢ·ㄐㄚ）	（ㄚㄍ·ㄙㄨ·ㄏㄝ）
一起照相	坐在這裡	握手

	[머거]	[이버]
여기에서 담배 피워	이거 먹어 봐	이거 입어 봐
（ㄧㄛ·ㄍ一·ㄝ·ㄙㄛ·ㄉㄚㅁ·ㄅㄝ·ㄆ一·ㄨㄛ）	（一·ㄍㄛ·ㄇㄛㄍ·ㄛ·ㄅㄨㄚ·一）	（一·ㄍㄛ·一·ㄅㄛ·ㄅㄨㄚ·一）
在這裡抽菸	吃吃看這個	穿穿看這件

跟韓國人說說看！

A：나 (ㄋㄚ) 我 ／ B：연예인 (ㄧㄛㄣ．ㄧㄝ．ㄧㄣ) 藝人

A：오빠 춤도 잘 추고 노래도 잘하고 너무 멋있어요. [머시써]
（ㄡ．ㄅㄚ．ㄘㄨㄇ．ㄉㄡ．ㄘㄚㄌ．ㄘㄨ．ㄍㄡ．ㄋㄡ．ㄌㄝ．ㄉㄡ．ㄘㄚㄌ．ㄏㄚ．ㄍㄡ．ㄋㄛ．
ㄇㄨ．ㄇㄛ．ㄒㄧ．ㄙㄛ．ㄧㄡˋ）
哥哥你又會跳舞又會唱歌太帥了。

실제로 보니까 더 잘생긴 것 같아요. [가타]
（ㄒㄧㄌ．ㄗㄝ．ㄌㄡ．ㄆㄡ．ㄋㄧ．ㄍㄚ．ㄊㄛ．ㄘㄚㄌ．ㄙㄝㄥ．ㄍㄧㄣ．ㄍㄛㄉ．ㄎㄚ．ㄊㄚ．ㄧㄡˋ）
看到本人好像更帥。

B：고마워요.
（ㄎㄡ．ㄇㄚ．ㄨㄛ．ㄧㄡˋ）
謝謝。

A：오빠랑 같이 사진 찍어도 돼요？ [가치] [찌거]
（ㄡ．ㄅㄚ．ㄌㄤ．ㄎㄚ．ㄑㄧ．ㄙㄚ．ㄐㄧㄣ．ㄗㄧ．ㄍㄛ．ㄉㄡ．ㄊㄨㄝ．ㄧㄡˊ）
我可以跟你一起照相嗎？

B：그럼요.
（ㄎ．ㄌㄛㄇ．ㄧㄡˋ）
當然啊。

A：(속마음) 행복해~ [보캐]
（ㄙㄡㄍ．ㄇㄚ．ㄜㄇㄌ︳ㄏㄝㄛ．ㄅㄡ．ㄎㄝ→）
（心裡OS）好幸福喔~

韓國觀光景點「蒸氣房」

　　這是韓劇裡面常出現的場景，通常男女主角會在這裡，把毛巾折成羊頭的樣子戴在頭上，邊聊天、邊吃東西或休息。這裡一入內就分成男女二區，換上提供的短袖T恤和短褲後，就可到公眾區去。在公眾區可以躺著或坐著休息，也可以看漫畫、電視，或是用按摩椅按摩一下，還可以點水煮蛋、冰飲料，所以常常看到一家人或一群朋友在這裡聚會。蒸氣房讓人多流汗，促進新陳代謝，對皮膚也很好。休息完後可以回男女區洗澡。由於是二十四小時營業，也有背包客把這裡當成宿舍。如果想要體驗韓國當地生活、並且順便消除旅途疲勞的話，蒸氣房（찜질방 ㄗㄧㅁ．ㄐㄧㄹ．ㄆㄤㅇ）是一定要去的地方。

遇到明星時必講的一句

[패니]
저 [ ] 팬이에요. 我是 你 的粉絲。
(ㄘㄛ.[ ].ㄆㄝ.ㄋㄧ.ㄝ.ㄧㄡˋ)

[가치]　　　[찌거]
[ ]하고 같이 사진 찍어도 돼요? 我可以和 你 一起拍照嗎？
([ ].ㄏㄚ.ㄍㄡ.ㄎㄚ.ㄑㄧ.ㄙㄚ.ㄐㄧㄣ.ㄗㄧ.ㄍㄛ.ㄉㄡ.ㄊㄨㄝ.ㄧㄡˊ)

※ 在韓國稱呼藝人，通常用「哥哥」、「姊姊」、「～先生、小姐」的說法比較多。

女生叫的	男生叫的	～先生、小姐：
哥哥：오빠 (ㄡ.ㄅㄚ)	哥哥：형 (ㄏㄧㄛㄥ)	藝人名字 씨
姊姊：언니 (ㄛㄣ.ㄋㄧ)	姊姊：누나 (ㄋㄨ.ㄋㄚ)	([ ].ㄙㄧ)

너무 +
(ㄋㄛ.ㄇㄨ)

[조]
좋아해요 (ㄘㄡ.ㄚ.ㄏㄝ.ㄧㄡˋ) 我好喜歡你。

[겨써]
잘생겼어요 (ㄘㄚㄌ.ㄙㄝㄥ.ㄍㄧㄛ.ㄙㄛ.ㄧㄡˋ) 你長得很帥。

[머시써]
멋있어요 (ㄇㄛ.ㄒㄧ.ㄙㄛ.ㄧㄡˋ) 你好帥。（帥氣）

예뻐요 (ㄧㄝ.ㄅㄛ.ㄧㄡˋ) 妳好漂亮。

귀여워요 (ㄎㄩ.ㄧㄛ.ㄨㄛ.ㄧㄡˋ) 你很可愛。

사인해 주세요. 麻煩幫我簽名。
(ㄙㄚ.ㄧㄣ.ㄏㄝ.ㄘㄨ.ㄙㄝ.ㄧㄡˋ)

[봐써]
[ ]아주 재미있게 잘 봤어요. 你的[ ]很精彩，我看得很開心。
([ ].ㄚ.ㄗㄨ.ㄘㄝ.ㄇㄧ.ㄧ.ㄍㄝ.ㄘㄚㄌ.ㄆㄨㄚ.ㄙㄛ.ㄧㄡˋ)

드라마 (ㄊ.ㄌㄚ.ㄇㄚ) 連續劇	영화 (ㄧㄛㄥ.ㄏㄨㄚ) 電影
콘서트 (ㄎㄡㄥ.ㄙㄛ.ㄊ) 演唱會	공연 (ㄎㄨㄥ.ㄧㄛㄣ) 表演

實用韓語教室

[시픈]
1일 투어를 신청하고 싶은데요.
(ㄧㄹ．ㄧㄹ．ㄊㄨ．ㄛ．ㄌㄹ．ㄒㄧㄣ．ㄘㄥ．ㄏㄚ．ㄍㄡ．ㄒㄧ．ㄆㄣ．ㄉㄝ．ㄧㄡˋ)
我想報名一日遊行程。

1인당 얼마인가요?
(ㄧㄹ．ㄧㄣ．ㄉㄤ．ㄛㄹ．ㄇㄚ．ㄧㄣ．ㄍㄚ．ㄧㄡˊ)
每人多少錢呢?

식사도 포함인가요?
(ㄒㄧㄱ．ㄙㄚ．ㄉㄡ．ㄆㄡ．ㄏㄚㄇ．ㄧㄣ．ㄍㄚ．ㄧㄡˊ)
也包含餐費嗎?

[구거]　　　[인]
중국어 가이드도 있나요?
(ㄘㄨㄥ．ㄍㄨ．ㄍㄛ．ㄎㄚ．ㄧ．ㄉ．ㄉㄡ．ㄧㄣ．ㄋㄚ．ㄧㄡˊ)
也有中文導遊嗎?

몇 시에 어디에서 출발하나요?
(ㄇㄧㄛㄉ．ㄒㄧ．ㄝ．ㄛ．ㄉㄧ．ㄝ．ㄙㄛ．ㄘㄨㄹ．ㄅㄚㄹ．ㄏㄚ．ㄋㄚ．ㄧㄡˊ)
幾點在哪裡出發呢?

이건 뭐예요? / 저건 뭐예요?
(ㄧ．ㄍㄛㄣ．ㄇㄨㄛ．ㄧㄝ．ㄧㄡˊ / ㄘㄛ．ㄍㄛㄣ．ㄇㄨㄛ．ㄧㄝ．ㄧㄡˊ)
這是什麼? / 那是什麼?

[구거]
여기 중국어 로 된 안내 책자가 있나요?
[인]
(ㄧㄛ．ㄍㄧ．ㄘㄨㄥ．ㄍㄨ．ㄍㄛ．ㄌㄡ．ㄊㄨㄝㄣ．ㄢ．ㄋㄝ．ㄔㄝㄍ．ㄗㄚ．ㄍㄚ．ㄧㄣ．ㄋㄚ．ㄧㄡˊ)
這裡有沒有中文版的導覽小冊呢?
※ 영어 (ㄧㄛㄥ．ㄛ) 英文 / 일본어 (ㄧㄹ．ㄅㄨㄣ．ㄋㄛ) 日文

觀光
遇到明星時必講的一句・實用韓語教室

이거 얼마예요？

(ㄧ˙．《ㄛ˙．ㄛㄌ˙．ㄇㄚ˙．ㄧㄝ˙．ㄧㄡˊ)

這個多少個這？

STEP 7.

쇼핑

(ㄕㄡ.ㄆㄧㄥ)

購 物

- 화장품 化妝品
- 옷 衣服
- 신발 鞋
- 액세서리 飾品
  가방 包包
- 기념품 紀念品
- 슈퍼마켓 超級市場
- 음반 가게 唱片行

화장품 (ㄏㄨㄚ.ㄗㅊ.ㄆㄨㅁ) 化妝品

$\boxed{\text{A}}$를
$\boxed{\text{B}}$을
사려고 하는데요.

($\boxed{\text{A}}$ ㄌㄹ/$\boxed{\text{B}}$ ㄜㄹ . ㄙㄚ . ㄌㄧㄛ . ㄍㄡ . ㄏㄚ . ㄋㄣ . ㄉㅔ . ㄧㄡˋ)

我想要買 $\boxed{}$ 。

把以下片語套進 $\boxed{}$ ，開口說說看！

A 에센스 (ㅔ.ㅅㅔㄴ.ㅅ) 精華液＝세럼	A 마스카라 (ㄇㄚ.ㄙ.ㄎㄚ.ㄌㄚ) 睫毛膏	A 매니큐어 (ㄇㅔ.ㄋㄧ.ㄎㄩㄨ.ㄛ) 指甲油
B 로션 (ㄌㄡ.ㄕㄣ) 乳液	B BB크림 (BB.ㄎ.ㄌㄧㅁ) BB霜	B 미백 제품 (ㄇㄧ.ㄅㅔㄱ.ㄘㅔ.ㄆㄨㅁ) 美白產品＝화이트닝 제품

※ 化妝品種類、效果 → 請參考第122～123頁

跟韓國人說說看！

A：점원 (ㄘㄛㄇ．ㄨㄣ) 店員　/　**B**：나 (ㄋㄚ) 我

A：어서오세요. 손님, 뭐 찾으세요?　[차즈]
（ㄛ．ㄙㄛ．ㄡ．ㄙㄝ．ㄧㄡ→‖ㄙㄨㄥ．ㄋㄧㅁ．ㄇㄛ．ㄘㄚ．ㄗ．ㄙㄝ．ㄧㄡ↗）
歡迎光臨。客人，您需要什麼呢？

B：BB크림을 사려고 하는데요.
（BB．ㄎ．ㄌㄧㅁ．ㄜㄌ．ㄙㄚ．ㄌㄧㄛ．《ㄡ．ㄏㄚ．ㄋㄣ．ㄉㄝ．ㄧㄡˋ）
我想要買BB霜。

A：피부 타입이 어떻게 되세요?　[이비]　[떠케]
（ㄆㄧ．ㄅㄨ．ㄊㄚ．ㄧ．ㄅㄧ．ㄛ．ㄉㄛ．ㄎㄝ．ㄊㄨㄟ．ㄙㄝ．ㄧㄡ↗）
您的皮膚屬於什麼性質？

B：중성이에요.
（ㄘㄨㄥ．ㄙㄛㄥ．ㄧ．ㄝ．ㄧㄡˋ）
是中性。

A：그럼 이 제품 한 번 써 보세요.
（ㄎ．ㄌㄛㅁ．ㄧ．ㄘㄝ．ㄆㄨㅁ．ㄏㄢ．ㄅㄣ．ㄙㄛ．ㄆㄡ．ㄙㄝ．ㄧㄡˋ）
那麼請試試看這個產品。

※ 乾性：건성 / 油性：지성 / 混合性：복합성 / 敏感性：민감성

韓國購物天堂「明洞」

　　明洞 (명동 ㄇㄧㄛㄥ．ㄉㄨㄥ) 是年輕人的購物天堂，各式各樣的品牌專賣店和百貨公司聚集在此地，非常熱鬧。只要來逛明洞，沒有人可以全身而退，對於想買平價又兼具時尚感的衣服和化妝品的女性朋友，這是最適合的地方。明洞除了逛街購物外，也有很多好吃的餐廳和小吃攤。因為有很多外國觀光客來此逛街，所以有些商店的店員會講簡單的英文、日文和中文，溝通上比較沒有問題。就算沒那麼喜歡逛街的朋友，也可以去明洞看看，體驗一下韓國活潑的一面。

★ 聖誕節左右，去明洞樂天百貨公司附近，可以看到很漂亮的聖誕樹，整個街道和樹上佈滿聖誕燈，相當浪漫。

★ 韓國的彩妝保養品，好用又便宜，而且會送一大堆試用品與化妝棉（進店裡常常會有贈品，結帳又送一堆贈品），所以可以用力地買喔！

購物
化妝品

化妝品、保養品
（화장품）

這些化妝品的名稱，大多是由英文而來，因此可以藉由英文發音來輔助記憶。

스킨 化妝水 （ㄙ．ㄎ一ㄣ） = 토너	乳液 / 精華液 / BB霜 / 睫毛膏 / 指甲油 / 美白產品 → 請參考第120頁	
아이크림 眼霜 （ㄚ．一．ㄎ．ㄌ一ㄇ）	수분크림 保濕霜 （ㄙㄨ．ㄅㄨㄣ．ㄎ．ㄌ一ㄇ） = 모이스쳐크림	선크림 防曬乳 （ㄙㄣ．ㄎ．ㄌ一ㄇ） = 썬크림
메이크업베이스 隔離霜 （ㄇㄝ．一．ㄎ．ㄛㅂ．ㄅㄝ．一．ㄙ）		파운데이션 粉底液 （ㄆㄚ．ㄨㄥ．ㄉㄝ．一．ㄕㄣ）
파우더 蜜粉 （ㄆㄚ．ㄨ．ㄉㄛ）	트윈케익 粉餅 （ㄊ．ㄩㄣ．ㄎㄝ．一ㄱ） ≒ 콤팩트（蜜粉餅）	볼터치 腮紅 （ㄆㄡㄌ．ㄊㄛ．ㄑ一） = 블러셔
아이펜슬 眉筆 （ㄚ．一．ㄆㄝㄣ．ㄙㄌ）	아이라이너 眼線筆、液 （ㄚ．一．ㄌㄚ．一．ㄋㄛ）	아이섀도우 眼影 （ㄚ．一．ㄕㄝ．ㄉㄡ．ㄨ）

립스틱 口紅 (ㄌㄧㅂ.ㄙ.ㄊㄧㄱ)	립글로스 唇蜜 (ㄌㄧㅂ.ㄍㄹ.ㄌㄡ.ㄙ)	립밤 護唇膏 (ㄌㄧㅂ.ㄅㄚㅁ)
핸드크림 護手霜 (ㄏㄝㄴ.ㄉ.ㄎ.ㄌㄧㅁ)	향수 香水 (ㄏㄧㅊ.ㄙㄨ)	마스크 面膜 (ㄇㄚ.ㄙ.ㄎ) ≒ 팩
클렌징 폼 洗面乳 (ㄎㄹ.ㄌㄝㄴ.ㄐㄧㄥ.ㄆㄡㅁ) = 폼 클렌징 / 폼 클렌저	클렌징 오일 卸妝油 (ㄎㄹ.ㄌㄝㄴ.ㄐㄧㄥ.ㄡ.ㄧㄹ)	바디 로션 身體乳液 (ㄆㄚ.ㄉㄧ.ㄌㄡ.ㄕㄣ)
바디 클렌저 沐浴乳 (ㄆㄚ.ㄉㄧ.ㄎㄹ.ㄌㄝㄴ.ㄗㄛ) = 바디워시 / 바디샴푸 / 샤워젤	남자 화장품 男士保養品 (ㄋㄚㅁ.ㄗㄚ.ㄏㄨㄚ.ㄗㄤ.ㄆㄨㅁ) = 남성 화장품	

※ ～제품（ㄘㄝ.ㄆㄨㅁ）產品

보습 제품 保濕產品 (ㄆㄡ.ㄙㅂ.～)	노화방지 제품 抗老產品 (ㄋㄡ.ㄏㄨㄚ.ㄆㄤ.ㄐㄧ.～)	주름개선 제품 改善皺紋產品 (ㄘㄨ.ㄌㄇ.ㄎㄝㄙㄣ.～)
여드름피부 전용 제품 抗痘專用產品 (ㄧㄛ.ㄉ.ㄌㄇ.ㄆㄧ.ㄅㄨ.ㄘㄛㄣ.ㄩㄥ.～)	모공관리 제품 [괄]縮毛孔產品 (ㄇㄡ.ㄍㄨㄥ.ㄎㄨㄢㄹ.ㄌㄧ.～)	

熱門韓國化妝品、保養品

BB霜

　　韓國女生人手一支的BB霜（BB Cream），最早期是使用在醫學美容上的機能性產品，提供給雷射後或是美容治療的人使用，後來一般民眾得知它的作用就爆紅。添加了保養成分，讓肌膚強化防禦力，自然修飾效果又能美化肌膚。兼具「保養、隔離、粉底液」的功能，同時展現裸妝般的好氣色，不會有化妝的感覺，讓人覺得天生麗質、好膚色。現在在台灣也很夯的BB霜，去韓國不買怎麼行呢？韓國當地的BB霜種類和色號非常多，每家廠牌都有各種不同的BB霜。雖然專櫃門市的BB霜質感、效果大同小異，都很值得推薦，但還是有分好不好推勻，遮瑕力是否夠好，妝感重不重，控不控油，最重要是選色的問題。建議一定要試用後再買！

面膜

　　這幾年在韓國「晚安面膜（슬리핑 팩 sleeping pack）」很受歡迎，所謂的晚安面膜指睡前擦在臉部上、隔天睡醒再洗掉的面膜。在睡眠時它會持續供應滋潤和保濕，早上醒來，臉部肌膚變得很水嫩，保水度非常好，上妝也不會脫皮。強力推薦！還有，藥妝店賣的各種可愛包裝的一般面膜、人參面膜、人參香皂等，也很適合買回來當紀念品送給朋友。

推薦

　　以下是百位去過韓國的台灣人「最推薦的韓國化妝品、保養品」調查，名單如下，給大家參考。

LANEIGE：滑蓋粉餅、晚安面膜、草莓優格面膜
HERA：光暈霜、澈白粉餅
HANSKIN：BB霜、卸妝產品
Innisfree：橄欖卸妝油、紅酒柔和角質護理精華液、紅酒晚安面膜
Tonymoly：番茄面膜、眼影（眼影、打亮、腮紅三用）
Beauty Credit：Q10系列產品
Etude House：眼影、唇部彩妝、去角質慕絲、去鼻頭粉刺用的產品
Skin Food：黑糖面膜、純米面膜、腳膜
Nature Republic：天然化妝品

實用韓語教室

[인]
미백 효과가 있는 에센스 좀 추천해 주세요.
(ㄇ一ˋ.ㄅㄞㄍ.ㄏㄧㄠˋ.ㄍㄨㄚ.ㄍㄚ.一ㄣ.ㄋㄣˋ.ㄙㄝㄣ.ㄙ.ㄘㄡㄇ.ㄘㄨ.ㄘㄋㄣ.ㄏㄝ.ㄘㄨ.ㄙㄝ.一ㄡˋ)
麻煩你推薦有 美白 效果的 精華液 。

※ 化妝品種類、效果 → 請參考第120～123頁

이거 좀 보여 주세요.
(一.ㄍㄛ.ㄘㄡㄇ.ㄆㄡ.一ㄛ.ㄘㄨ.ㄙㄝ.一ㄡˋ)
麻煩給我看一下 這個 。

그거 (ㄎ.ㄍㄛ)
：那個（近距離）
저거 (ㄘㄛ.ㄍㄛ)
：那個（遠距離）

이거 주세요.= 이걸로 주세요.
(一.ㄍㄛ.ㄘㄨ.ㄙㄝ.一ㄡˋ)
我要買 這個 。

하나 더 주세요.
(ㄏㄚ.ㄋㄚ.ㄊㄛ.ㄘㄨ.ㄙㄝ.一ㄡˋ)
再給我一個。= 我要再買一個。

선물용 포장해 주세요.
(ㄙㄛㄣ.ㄇㄨㄹ.ㄩㄥ.ㄆㄡ.ㄗㄤ.ㄏㄝ.ㄘㄨ.ㄙㄝ.一ㄡˋ)
麻煩幫我包裝成禮物。

이거 계산해 주세요.
(一.ㄍㄛ.ㄎㄝ.ㄙㄢ.ㄏㄝ.ㄘㄨ.ㄙㄝ.一ㄡˋ)
請幫我 把這個 結帳。

※ 結帳 → 請參考第88頁

같이 (ㄎㄚ.ㄑ一)
：一起
따로 (ㄉㄚ.ㄌㄡ)
：分開

[마니]   [마니]
샘플 좀 많이 주세요. / 화장솜 좀 많이 주세요.
(ㄙㄝ.ㄆㄩ.ㄘㄡㄇ.ㄇㄚ.ㄋ一.ㄘㄨ.ㄙㄝ.一ㄡˋ/ㄏㄨㄚ.ㄗㄤ.ㄙㄡㄇ.～)
請多給我 試用品 。 / 請多給我 化妝棉 。（結帳時可以順便講這句）

옷（ㄡㄷ）衣服

한 번 [이버] 입어 봐 도 돼요?

（ㄏㄢ．ㄅㄣ．ㄧ－．ㄅㄛ．ㄆㄨㄚ．ㄉㄡ．ㄊㄨㄝ．ㄧㄡˊ）

可以試 穿看看（衣服） 嗎？

把以下片語套進 □，開口說說看！

[시너]
신어 봐
（ㄒㄧ－．ㄋㄛ．ㄆㄨㄚ）
穿看看
（鞋子、襪子等）

써 봐
（ㄙㄛ．ㄆㄨㄚ）
戴看看
（帽子、眼鏡等）

해 봐
（ㄏㄝ．ㄆㄨㄚ）
戴看看
（大部分的配件、飾品；
項鍊、耳環、髮夾、
圍巾等）

끼어 봐
（ㄍㄧ．ㄛ．ㄆㄨㄚ）
戴看看
（戒指、手套等）

[드러]
들어 봐
（ㄊ．ㄌㄛ．ㄆㄨㄚ）
拿看看
（包包等）

메어 봐
（ㄇㄝ．ㄛ．ㄆㄨㄚ）
背看看
（背包等）

跟韓國人說說看！

Ａ：나 (ㄋㄚ) 我 ／ Ｂ：점원 (ㄗㄛㄇ．ㄨㄣ) 店員

Ａ：저 옷 좀 보여 주시겠어요？　[게쎠]
(ㄘㄛ．ㄡㄷ．ㄘㄡㄇ．ㄆㄡ．ㄧㄛ．ㄘㄨ．ㄒㄧ．ㄍㄝ．ㄙㄛ．ㄧㄡˊ)
麻煩把那件衣服給我看，好嗎？

Ｂ：손님 안목 있으시네요．　[이쓰]
(ㄙㄨㄥ．ㄋㄧㄇ．ㄋ．ㄇㄡㄍ．ㄧ．ㄙ．ㄒㄧ．ㄋㄝ．ㄧㄡˋ)
客人，您真有眼光耶。

이거 요즘 제일 잘 팔리는 상품이에요．　[푸미]
(ㄧ．ㄍㄛ．ㄧㄡ．ㄗㄇ．ㄘㄝ．ㄧㄹ．ㄘㄚㄹ．ㄆㄚㄹ．ㄌㄧ．ㄋㄣ．ㄙㄤ．ㄆㄨ．ㄇㄧ．ㄝ．ㄧㄡˋ)
這件是最近賣得最好的商品。

Ａ：한 번 입어 봐도 돼요？　[이버]
(ㄏㄢ．ㄅㄣ．ㄧ．ㄅㄛ．ㄆㄨㄚ．ㄉㄡ．ㄊㄨㄝ．ㄧㄡˊ)
可以試穿看看嗎？

Ｂ：그럼요. 사이즈 몇 입으세요？　[이브]
(ㄎ．ㄌㄛㄇ．ㄧㄡˋ　ㄙㄚ．ㄧ．ㄗ．ㄇㄧㄛㄉ．ㄧ．ㄅ．ㄙㄝ．ㄧㄡˊ)
當然可以。請問您穿什麼尺寸呢？

※ 衣服種類 → 請參考第128頁

韓國購物天堂「東大門市場」

東大門市場 (동대문시장 ㄊㄨㄥ．ㄍㄝ．ㄇㄨㄣ．ㄒㄧ．ㄗㄤ) 大型購物商場林立，是一個「可以逛到腿斷」的地方。在這裡買衣服，可以用便宜的價格，買到時下最流行的款式。在台灣賣的韓國衣服，大多都是從這裡批發過來的。原本這裡是以大批發為主，因此晚上最熱鬧。一些購物大樓外面，還會舉辦時裝秀、抽獎等活動招攬客人。

★ 在韓國，買冬天大外套選擇比台灣更多，可以挑一件保暖有型又平價的韓國大外套與毛耳罩，極推薦喔！
★ 韓國衣服尺寸，女生套裝尺寸分為 44／55／66／77（等於是 XS／S／M／L），一般休閒服與運動裝尺寸分為 85／90／95／100／105（XS／S／M／L／XL）。

衣服（옷）

티셔츠 T-shirt （ㄊㄧ．ㄕㄜ．ㄘ） 긴팔 長袖 （ㄎㄧㄴ．ㄆㄚㄹ） 반팔 短袖 （ㄆㄢ．ㄆㄚㄹ） 민소매 無袖 （ㄇㄧㄣ．ㄙㄡ．ㄇㄝ）	바지 褲子 （ㄆㄚ．ㄐㄧ） 긴바지 長褲 （ㄎㄧㄴ．ㄆㄚ．ㄐㄧ） 반바지 短褲 （ㄆㄢ．ㄆㄚ．ㄐㄧ） 청바지 牛仔褲 （ㄘㄛㄥ．ㄆㄚ．ㄐㄧ）	치마 裙子 = 스커트 （ㄑㄧ．ㄇㄚ） 미니스커트 迷你裙 （ㄇㄧ．ㄋㄧ．ㄙ．ㄎㄜ．ㄊ） 원피스 洋裝 （ㄨㄣ．ㄆㄧ．ㄙ）
외투 外套 （ㄨㄝ．ㄊㄨ） 코트 冬天大外套 （ㄎㄡ．ㄊ）	양복 （男）西裝 （ㄧㄤ．ㄅㄡㄍ） 정장 （男、女）正裝 / 套裝 （ㄘㄛㄥ．ㄗㄤ）	조끼 背心 （ㄘㄡ．ㄍㄧ） 스웨터 毛衣 （ㄙ．ㄨㄝ．ㄊㄜ）
와이셔츠 （男）上班襯衫 （ㄨㄚ．ㄧ．ㄕㄜ．ㄘ） 블라우스 （女）上班襯衫 （ㄆㄜ．ㄌㄚ．ㄨ．ㄙ） 남방 休閒襯衫 （ㄋㄚㄇ．ㄅㄤ）	한복 韓服 （ㄏㄢ．ㄅㄡㄍ） 수영복 泳衣 （ㄙㄨ．ㄧㄛㄥ．ㄅㄡㄍ）	[자못] 잠옷 睡衣 （ㄘㄚ．ㄇㄡㄷ） [소꼳] 속옷 內衣 （ㄙㄡ．ㄍㄡㄷ）

實用韓語教室

그냥 구경하는 거예요.

(ㄎ.ㄋㅗㅐ.ㄎㄨ.《ㄧㅗㄥ.ㄏㄚ.ㄋㄣ.ㄎㄛ.ㄧㄝ.ㄧㄡ↘)

我只是看一看而已。（店員黏著你不放，一直問你需要什麼的時候）

이거 55사이즈로 주세요.

(ㄧ.《ㄛ.ㄡ.ㄡ.ㄙㄚ.ㄧ.ㄗ.ㄌㄡ.ㄘㄨ.ㄙㄝ.ㄧㄡ↘)

請給我這個款式55 Size的。

※ 衣服尺寸→ 請參考第127頁 / 尺寸數字唸法→ 請參考第50頁

너무 ▢ ▢ . 太▢了。

(ㄋㄛ.ㄇㄨ.▢↘)

비싸요 貴 (ㄆㄧ.ㄙㄚ.ㄧㄡ)	커요 大 (ㄎㄛ.ㄧㄡ)	[자가] 작아요 小 (ㄘㄚ.《ㄚ.ㄧㄡ)
헐렁해요 鬆 (ㄏㄛㄹ.ㄌㄥ.ㄏㄝ.ㄧㄡ)	끼어요 緊 (《ㄧ.ㄛ.ㄧㄡ)	[기러] 길어요 長 (ㄎㄧ.ㄌㄛ.ㄧㄡ)
[짤바] 짧아요 短 (ㄗㄚㄹ.ㄅㄚ.ㄧㄡ)	두꺼워요 厚 (ㄊㄨ.《ㄛ.ㄨㄛ.ㄧㄡ)	[얄바] 얇아요 薄 (ㄧㄚㄹ.ㄅㄚ.ㄧㄡ)
[널버] 넓어요 寬 (ㄋㄛㄹ.ㄅㄛ.ㄧㄡ)	[조바] 좁아요 窄 (ㄘㄡ.ㄅㄚ.ㄧㄡ)	무거워요 重 (ㄇㄨ.《ㄛ.ㄨㄛ.ㄧㄡ)

신상품 / 한정 상품 / 품절

(ㄒㄧㄣ.ㄙㄤ.ㄆㄨㄇ/ㄏㄢ.ㄗㄥ.ㄙㄤ.ㄆㄨㄇ/ㄆㄨㄇ.ㄗㄛㄹ)

新商品 / 限量商品 / 賣完

신발（ㄒㄧㄣ．ㄅㄚㄹ）鞋

좀 더 [큰]^[엄] 건 없나요？

（ㄘㄡㄇ．ㄊㄛ．<u>ㄎㄣ</u>．ㄍㄛㄣ．ㄛㄇ．ㄋㄚ．一ㄡˊ）

沒有再 [大] 一點的嗎？

把以下片語套進 ▢▢▢▢，開口說說看！

^[자근] 작은 （ㄔㄚ．ㄍㄣ） 小	싼 （ㄙㄢ） 便宜	비싼 （ㄆㄧ．ㄙㄢ） 貴
긴 （ㄎㄧㄴ） 長	^[짤븐] 짧은 （ㄗㄚㄹ．ㄅㄣ） 短	^[노픈] 높은 （ㄋㄡ．ㄆㄣ） 高
두꺼운 （ㄊㄨ．ㄍㄛ．ㄨㄣ） 厚	^[얄븐] 얇은 （一ㄚㄹ．ㄅㄣ） 薄	

跟韓國人說說看！

Ａ：나（ㄋㄚ）我 / Ｂ：점원（ㄘㄛㅁ．ㄨㄣ）店員

Ａ：이 까만색 신발 한 번 신어 봐도 돼요？ ^[시너]
（一．ㄍㄚ．ㄇㄢ．ㄙㄝㄱ．ㄒㄧㄣ．ㄅㄛㄹ．ㄏㄢ．ㄅㄣ．ㄒㄧ．ㄋㄛ．ㄆㄨㄚ．ㄉㄡ．ㄊㄨㄝ．一ㄡ↗）
這雙黑色鞋子可以試穿看看嗎？

Ｂ：그럼요. 신발 몇 신으세요？ ^[시느]
（ㄎ．ㄌㄛㅁ．一ㄡ↘∥ㄒㄧㄣ．ㄅㄛㄹ．ㄇ一ㄛㄊ．ㄒㄧ．ㄋ．ㄙㄝ．一ㄡ↗）
當然可以。請問鞋子您穿幾號呢？

Ａ：240이요.
（一．ㄆㄝㄈ．ㄙㄚ．ㄒㄧㅂ．一．一ㄡ↘）
240。

〈試穿之後〉
조금 불편하네요.
（ㄘㄡ．ㄍㅁ．ㄆㄨㄹ．ㄆ一ㄛㄣ．ㄏㄚ．ㄋㄝ．一ㄡ↘）
有點不舒服耶。

[구비]　　　　[나즌]　　　[엄]
굽이 좀 더 낮은 건 없나요？
（ㄎㄨ．ㄅ一．ㄘㄡㅁ．ㄊㄛ．ㄋㄚ．ㄗㄣ．ㄍㄛㄣ．ㄛㅁ．ㄋㄚ．一ㄡ↗）
沒有鞋跟再低一點的嗎？

※ 顏色 → 請參考第132頁 / 鞋子尺寸數字唸法 → 請參考第50頁

韓國購物天堂「梨大」

　　梨花女子大學（梨大；이대 一．ㄉㄝ）前面的購物街，是大力推薦給愛血拼的女生。因為在女子大學前面，賣的東西都是針對十八到二十九歲的女性顧客，每條街和巷子裡擠滿了賣化妝品、衣服、小飾品的店面，只要是女生需要的東西，通通都有。如果您覺得東大門市場太大很難逛，那也可以抱著散步的心情來這裡輕鬆逛。時間允許的話，可以順便欣賞「梨大」歐式建築風的美麗校園。

★ 韓國的鞋子尺寸是以mm來算的，台灣的鞋號大多使用日本尺碼（cm）。

日碼	22.5	23	23.5	24	24.5	25	…
韓碼	225	230	235	240	245	250	…

　　不過，這是一般算法而已，有可能因為款式、版型、品牌而所有不同，因此一定要試穿看看再買！

購物
鞋

鞋子（신발）

구두 皮鞋 （ㄎㄨ.ㄉㄨ）	하이힐 高跟鞋 （ㄏㄚ.一.ㄏ一ㄹ）	부츠 靴子 （ㄆㄨ.ㄘ）
샌들 涼鞋 （ㄙㄝㄴ.ㄉㄹ）	슬리퍼 拖鞋 （ㄙㄹ.ㄌ一.ㄆㄛ）	운동화 運動鞋 （ㄨㄥ.ㄉㄨㄥ.ㄏㄨㄚ）

顏色（색깔）

※ ～색（ㄙㄝㄱ）色

까만색 黑色 （ㄍㄚ.ㄇㄢ.～） ＝ 검정색 / 검은색	흰색 白色 （ㄏ一ㄥ.～） ＝ 하얀색	회색 灰色 （ㄏㄨㄝ.～）	갈색 棕色 （ㄎㄚㄌ.～） ≒ 커피색 咖啡色
빨간색 紅色 （ㄅㄚㄌ.ㄍㄢ.～）	파란색 藍色 （ㄆㄚ.ㄌㄢ.～）	노란색 黃色 （ㄋㄡ.ㄌㄢ.～）	녹색 綠色 （ㄋㄡㄍ.～） ＝ 초록색
보라색 紫色 （ㄆㄡ.ㄌㄚ.～）	분홍색 粉紅色 （ㄆㄨㄥ.ㄏㄨㄥ.～）	금색 金色 （ㄎㄇ.～）	은색 銀色 （ㄜㄥ.～）

實用韓語教室

A이 [으메] [드러]
B가 마음에 안 들어요. 我不喜歡□。= 我不滿意□。

(A ─ / B《Y . ㄇY . ㄜ . ㄇㄝ . ㄋ . ㄊ . ㄌㄛ . ㄧㄡˋ)

A	색깔 顔色 （ㄙㄝㄱ . 《Yㄹ）	디자인 設計 （ㄊㄧ . ㄗY . ㄧㄣ）	가격 價格 （ㄎY . 《ㄧㄛㄱ）
B	크기 大小 （ㄎ . 《ㄧ）	길이 長度 （ㄎㄧ . ㄌㄧ）	여기 這裡 （ㄧㄛ . 《ㄧ）

[으메]
마음에 들지만 너무 비싸요.

（ㄇY . ㄜ . ㄇㄝ . ㄊㄩㄹ . ㄐㄧ . ㄇㄢ . ㄋㄛ . ㄇㄨ . ㄆㄧ . ㄙY . ㄧㄡˋ）

雖然喜歡，但太貴了。

※ 너무～ → 請參考第129頁

[까른] [엄]
다른 색깔 은 없나요?

（ㄊY . ㄌㄣ . ㄙㄝㄱ . 《Y . ㄌㄣ . ㄛㄇ . ㄋY . ㄧㄡˊ）

沒有 別的顏色 嗎？

※ 可以參考左頁，把自己要的顏色套進框框裡。

[엄]
2~3만원대 하는 건 없나요?

（ㄧ . ㄙㄢㄇ . ㄇㄢ . ㄨㄣ . ㄌㄝ . ㄏY . ㄋㄣ . 《ㄛㄣ . ㄛㄇ . ㄋY . ㄧㄡˊ）

沒有韓幣二、三萬元左右的嗎？

물 세탁 가능한가요?

（ㄇㄨㄌ . ㄙㄝ . ㄊYㄱ . ㄎY . ㄋㄥ . ㄏㄢ . 《Y . ㄧㄡˊ）

可以水洗嗎？

꼭 드라이클리닝 해야 하나요?

（《ㄡㄍ . ㄊ . ㄌY . ㄧ . ㄎㄌ . ㄌㄧ . ㄋㄧㄥ . ㄏㄝ . ㄧY . ㄏY . ㄋY . ㄧㄡˊ）

一定要乾洗嗎？

購物
鞋子・顏色・實用韓語教室

액세서리 , 가방(ㄝㄱ.ㄙㄝ.ㄙㄛ.ㄌㄧ//ㄎㄚ.ㄅㄤ)飾品、包包

[으메] [드러]

마음에 들어요.

(ㄇㄚ.ㄜ.ㄇㄝ.ㄊ.ㄌㄛ.ㄧㄡ↘)

很喜歡。

把以下片語套進＿＿，開口說說看！

예쁘네요 (ㄧㄝ.ㄅ.ㄋㄝ.ㄧㄡ↘) 漂亮	[머신] 멋있네요 (ㄇㄛ.ㄒㄧㄣ.ㄋㄝ.ㄧㄡ↘) 帥	[만] 잘 맞네요 (ㄘㄚㄹ.ㄇㄢ.ㄋㄝ.ㄧㄡ↘) 很合身、尺寸剛剛好
잘 어울리네요 (ㄘㄚㄹ.ㄛ.ㄨㄹ.ㄌㄧ.ㄋㄝ.ㄧㄡ↘) 很適合、搭配	이상해요 (ㄧ.ㄙㄤ.ㄏㄝ.ㄧㄡ↘) 怪	별로예요 (ㄆㄧㄛㄹ.ㄌㄡ.ㄧㄝ.ㄧㄡ↘) 不怎樣

※ 可以和第79頁的副詞一起用。

跟韓國人說說看！

Ａ：점원 (ㄗㄛㄇ．ㄨㄣ) 店員 / Ｂ：나 (ㄋㄚ) 我

[으메]
Ａ：손님, 마음에 드시면 한 번 해 보세요.
（ㄙㄨㄥ．ㄋㄧㄇ．ㄇㄚ．ㄜ．ㄇㄝ．ㄊㄜ．ㄒㄧ．ㄇㄧㄛㄣ．ㄏㄢ．ㄅㄣ．ㄏㄝ．ㄆㄡ．ㄙㄝ．ㄧㄡˋ）
客人，您喜歡的話試戴看看啊。

　　〈客人試戴耳環之後〉　　　　　　　　　　　　　　　[가타]
어머, 너무 예쁘다~ 손님 꼭 연예인 같아요.
（ㄛ．ㄇㄛ．ㄋㄛㄇㄨ．ㄧㄝ．ㄅ．ㄅㄚ～ㄙㄨㄥ．ㄋㄧㄇ．ㄍㄡㄍ．ㄧㄛㄣ．ㄧㄝ．ㄧㄣ．ㄎㄚ．ㄊㄚ．ㄧㄡˋ）
天啊，太漂亮了！客人，您很像藝人耶。

어뗘세요? 예쁘죠?
（ㄛ．ㄅㄛ．ㄙㄝ．ㄧㄡˊ‖ㄧㄝ．ㄅ．ㄐㄧㄡˊ）
怎麼樣？漂亮吧？

Ｂ：네, 아주 예쁘네요.
（ㄋㄝ．ㄚ．ㄗㄨ．ㄧㄝ．ㄅ．ㄋㄝ．ㄧㄡˋ）
是啊，很漂亮。

이걸로 주세요. / 이걸로 할게요.
（ㄧ．ㄍㄛㄌ．ㄌㄡ．ㄘㄨ．ㄙㄝ．ㄧㄡˋ‖ㄧ．ㄍㄛㄌ．ㄌㄡ．ㄏㄚㄌ．ㄍㄝ．ㄧㄡˋ）
請給我這個。/ 我要這個。（買東西、點東西都可以用）

韓國購物天堂「狎歐亭」

　　明洞、東大門等地，雖然是逛街、購物的好地方，但若想體驗更時尚、更有質感的購物，狎歐亭（압구정 ㄚㅂ．ㄍㄨ．ㄙㄥ）是最佳地點！此地屬於高消費族群的地方，以昂貴的進口商店、名牌店為主，推薦給尋找時尚、領導流行的人。這個社區也是首爾房價最高的地方之一，老闆級的有錢人、藝人的住家與經紀公司都在這裡，所以運氣好的話，說不定邊逛街還可以遇到偶像喔！此外，狎歐亭還有很多裝潢華麗的高級異國料理餐廳，另外還有一些特色咖啡廳（例如，可以算命、玩遊戲的都有）、名牌二手店，以及許多整形診所和美容中心。

飾品（액세서리）&
其它配件

목걸이 項鍊 （ㄇㄡ.《ㄛ.ㄌㄧ）	귀고리 耳環 （ㄎㄩ.《ㄡ.ㄌㄧ）	반지 戒指 （ㄆㄢ.ㄐㄧ）
팔찌 手鍊、手環 （ㄆㄚㄹ.ㄗㄧ）	머리띠 髮箍 （ㄇㄛ.ㄌㄧ.ㄌㄧ）	머리핀 髮夾 （ㄇㄛ.ㄌㄧ.ㄆㄧㄣ）
모자 帽子 （ㄇㄡ.ㄗㄚ）	안경 眼鏡 （ㄢ.《ㄧㄛㄥ）	선글라스 太陽鏡、墨鏡 （ㄙㄛㄣ.《ㄹ.ㄌㄚ.ㄙ）
시계 鐘、錶 （ㄒㄧ.《ㄝ）	넥타이 領帶 （ㄋㄝㄍ.ㄊㄚ.ㄧ）	스카프 絲巾 （ㄙ.ㄎㄚ.ㄆ）
목도리 圍巾 （ㄇㄡㄍ.ㄉㄡ.ㄌㄧ）	장갑 手套 （ㄑㄚㄥ.《ㄚㄅ）	양말 襪子 （ㄧㄤ.ㄇㄚㄹ）

包包（가방）

핸드백（女用）手提包 （ㄏㄝㄣ.ㄉ.ㄅㄝㄍ）	배낭 背包 （ㄆㄝ.ㄋㄤ）	지갑 錢包 （ㄐㄧ.《ㄚㄅ）

實用韓語教室

이거 얼마예요? / 모두 얼마예요?
(一.《ㄛ.ㄛㄹ.ㄇㄚ.一ㄝ.一ㄡ↗/ㄇㄡ.ㄉㄨ.ㄛㄹ.ㄇㄚ.一ㄝ.一ㄡ↗)
這個 多少錢? / 總共 多少錢?

너무 비싸요. / 싸게 해 주세요.
(ㄋㄛ.ㄇㄨ.ㄆㄧ.ㄙㄚ.一ㄡ↘/ㄙㄚ.《ㄝ.ㄏㄝ.ㄓㄨ.ㄙㄝ.一ㄡ↘)
太貴了。/ 請算我便宜一點。

[마니]
많이 살 거니까 좀 더 싸게 해 주세요.
(ㄇㄚ.ㄋㄧ.ㄙㄚㄹ.《ㄛ.ㄋㄧ.《ㄚ.ㄘㄡㄇ.ㄊㄛ.ㄙㄚ.《ㄝ.ㄏㄝ.ㄓㄨ.ㄙㄝ.一ㄡ↘)
我要買很多,麻煩算我再便宜一點。

[그므]
카드말고 현금으로 하면 더 싸게 해 주시나요?
(ㄎㄚ.ㄉ.ㄇㄚㄹ.《ㄡ.ㄏㄧㄛㄣ.《.ㄇ.ㄉㄨ.ㄏㄚ.ㄇㄧㄛㄣ.ㄊㄛ.ㄙㄚ.《ㄝ.ㄏㄝ.
ㄓㄨ.ㄒㄧ.ㄋㄚ.一ㄡ↗)
如果不刷卡付現金的話,能再便宜一點嗎?

이 상품도 세일하나요?
(一.ㄙㄤ.ㄆㄨㄇ.ㄉㄡ.ㄙㄝ.一ㄹ.ㄏㄚ.ㄋㄚ.一ㄡ↗)
這個商品也有打折嗎?

[게써]
영수증도 주시겠어요?
(一ㄛㄥ.ㄙㄨ.ㄗㄥ.ㄉㄡ.ㄓㄨ.ㄒㄧ.《ㄝ.ㄙㄛ.一ㄡ↗)
麻煩給我發票,好嗎?(店員忘記給你,你可以主動跟他說)

기념품 (ㄎㄧ．ㄋㄧㄛㄇ．ㄆㄨㄇ) 紀念品

여기 열쇠고리 팔아요?
[파라]

(ㄧㄛ．ㄍㄧ． ㄧㄛㄹ．ㄙㄨㄝ．ㄎㄡ．ㄌㄧ ．ㄆㄚ．ㄌㄚ．ㄧㄡˊ)

這裡有賣 鑰匙圈 嗎？

把以下片語套進 □□□ ，開口說說看！

엽서
(ㄧㄛㅂ．ㄙㄛ)
明信片

핸드폰줄
(ㄏㄝㄣ．ㄉ．ㄆㄡㄣ．ㄗㄨㄹ)
手機吊飾
≒ 핸드폰고리

한글 스티커
(ㄏㄢ．ㄍㄹ．ㄙ．ㄊㄧ．ㄎㄛ)
韓國字母貼紙

부채
(ㄆㄨ．ㄘㄝ)
扇子

화장품 파우치
(ㄏㄨㄚ．ㄗㄤ．ㄆㄨㄇ．ㄆㄚ．ㄨ．ㄑㄧ)
化妝品袋

동전 지갑
(ㄊㄨㄥ．ㄗㄛㄣ．ㄐㄧ．ㄍㄚㅂ)
零錢包

跟韓國人說說看！

A：나 (ㄋㄚ) 我 ／ B：점원 (ㄘㄛㄇ．ㄨㄣ) 店員

[파라]

A：여기 핸드폰줄 팔아요?
(一ㄛ．ㄍ一．ㄏㄝㄣ．ㄅ．ㄆㄡㄥ．ㄗㄨㄹ．ㄆㄚ．ㄌㄚ．一ㄡ↗)
這裡有賣手機吊飾嗎？

[아페] [이쓰]

B：네, 여기 앞에 있으니까 천천히 구경하세요.
(ㄋㄝ．一ㄛ．ㄍ一．ㄚ．ㄆㄝ．一ㄥ．ㄋ一．ㄍㄚ．ㄘㄛㄣ．ㄘㄛㄣ．ㄏ一．ㄎㄨ．ㄍㄛㄥ．ㄏㄚ．ㄙㄝ．一ㄡ↘)
有，在這前面，請慢慢看。

[조을]

A：친구한테 선물하려고 하는데 어떤 게 좋을까요?
(ㄑ一ㄣ．ㄍㄨ．ㄏㄢ．ㄊㄝ．ㄙㄛㄣ．ㄇㄨㄹ．ㄏㄚ．ㄌ一ㄛ．ㄍㄛ．ㄏㄚ．ㄋㄣ．ㄉㄝ．ㄛ．ㄉㄛㄣ．ㄍㄝ．ㄘㄛ．ㄘㄜㄹ．ㄍㄚ．一ㄡ↗)
我要送給朋友，你覺得哪個比較好？

B：음......이건 어떠세요?
(ㄜㄇ→．一．ㄍㄛㄣ．ㄛ．ㄉㄛ．ㄙㄝ．一ㄡ↗)
嗯……（韓國人想事情時會發出的聲音）您覺得這個怎麼樣？

[이븐] [이쎄]

한복 입은 곰인형이 달려 있어서 아주 귀여워요.
(ㄏㄢ．ㄅㄡㄍ．一．ㄅㄣ．ㄎㄡㄇ．一ㄣ．ㄏ一ㄛㄥ．一．ㄊㄚㄹ．ㄌ一ㄛ．一．ㄙㄛ．ㄙㄛ．ㄚ．ㄗㄨ．ㄎㄨ一．一ㄛ．ㄨㄛ．一ㄡ↘)
有穿著韓服的小熊娃娃，很可愛喔。

韓國購物天堂「Coex Mall」

Coex Mall（코엑스몰 ㄎㄡ．ㄝㄍ．ㄙ．ㄇㄨㄹ）是目前韓國最大的綜合娛樂中心，而且都在地下。其實，Coex Mall的樓上是世貿中心的展覽館，但一到地下樓層就是三萬六千坪的地下世界。裡面集合了購物商場、電影院、餐廳等，應有盡有。這裡最有名的是水族館、泡菜博物館、超大型書局、以及擁有十六個廳的人型電影院。逛的、看的、吃的，可以在這個地方一次滿足，待上一整天也不會無聊，而且由於不受天氣影響，所以這裡已經成為韓國年輕人聚會最受歡迎的地方之一。

熱門韓國紀念品

具有韓國特色的產品

● 韓服小熊、韓國小娃娃的手機吊飾 / 韓國傳統面具、太極鼓的鑰匙圈
● 韓國風的小吊飾（像是韓幣、燒酒的樣子，有韓文我愛你「사랑해」造型的）
● 韓國風的扇子（藍紅黃三色的那種 ） / 韓國娃娃指甲剪 / 韓國傳統婚禮公仔 / 傳統娃娃造型的筆 / 韓國傳統福袋、化妝品袋、小零錢包
→ 以上都很可愛又實用，並且非常有韓國的味道，很適合拿來送給親朋好友。

可以體驗韓國文化的產品

● 韓國「筷子＋湯匙」組（長相都是長長扁扁的，而且多為鐵製）
● 韓劇裡常出現的黃色銅鍋（煮泡麵的，最後要拿蓋子當碗吃）與家用烤肉鐵盤
● 韓劇裡常出現的「花牌」 / 韓國人在澡堂搓背時用的綠色「搓澡布」

迷韓國明星的朋友不能錯過的東西

● High Cut（每個月第一、三個星期五發行的報紙，很便宜（大概台幣10元），卻充滿雜誌品質的明星照片，強力推薦！）
● 韓國偶像周邊商品（例如明星照片做的年曆、貼紙，將藝人卡通化所做成的襪子等）、明星代言的商品、免稅店及機場的DM

※ 哪裡買：仁寺洞、明洞、南大門、東大門市場、Coex Mall等

熱門韓國文具

可愛又精緻的韓國的文具用品
● 可以裝書，A4文件的「小提袋」與「資料夾」 ● 很有設計感的「護照套」與可以保管存摺的「存摺套」
● 很多可愛圖樣的「記事本、日記本、筆記本」 ● 可愛的「韓文鍵盤貼紙」與「韓國字母貼紙」

● 造型奇怪又很可愛的「造型原子筆」與「筆袋」	● 刻自己韓文名字的「印章」 ● 韓文字母的印章

直接連結可愛文具的網址	
● choo choo，小王子系列文具用品 http://www.jetoy.co.kr/	● 更多系列文具用品 http://www.unknownsky.co.kr/

建議給正在學習韓語的朋友們
● 可以在「教保文庫」、「永豐文庫」等當地書店裡買到不錯的韓文教材，包含字典（中韓、韓中字典或電子字典），雜誌，童書等進修韓語書籍。

※ 哪裡買：「教保文庫」書店裡的文具區（地鐵；光化門站4號出口）或
　　「Kosney」、「10x10」等的地方（在明洞、惠化、Coex Mall有店面）

슈퍼마켓 (ㄕㄨ.ㄆㄛ.ㄇㄚ.ㄎㄝㄷ) 超級市場

여기 과자 코너는
[인]
어디에 있나요?

(ㄧㄛ.ㄍㄧ.ㄎㄨㄚ.ㄗㄚ.ㄎㄡ.ㄋㄛ.ㄋㄣ.ㄛ.ㄉㄧ.ㄝ.ㄧㄣ.ㄋㄚ.ㄧㄡˊ)

這裡 餅乾 區在哪裡呢?

把以下片語套進 ____，開口說說看!

라면
(ㄌㄚ.ㄇㄧㄛㄣ)
泡麵

과일
(ㄎㄨㄚ.ㄧㄹ)
水果

야채
(ㄧㄚ.ㄔㄝ)
蔬菜

음료수
(ㄜㄇ.ㄌㄧㄡ.ㄙㄨ)
飲料

돼지고기
(ㄊㄨㄝ.ㄐㄧ.ㄎㄡ.ㄍㄧ)
豬肉

생선
(ㄙㄝㄥ.ㄙㄣ)
魚

跟韓國人說說看！

Ａ：나 (ㄋㄚ) 我 / Ｂ Ｃ：점원 (ㄘㄛㅁ. ㄨㄣ) 店員

Ａ：[인]
여기 김치 코너는 어디에 있나요?
（ㄧㄛ. ㄍㄧ. ㄅㄧㅁ. ㄑㄧ. ㄎㄛ. ㄋㄛ. ㄋㄣ. ㄛ. ㄉㄧ. ㅔ. ㄧㄣ. ㄋㄚ. ㄧㄡˊ）
這裡泡菜區在哪裡呢？

Ｂ：[쪼그]
저기 야채 코너 뒤쪽으로 가 보세요.
（ㄘㄛ. ㄍㄧ. ㄧㄚ. ㄘㄝ. ㄎㄛ. ㄋㄛ. ㄊㄩ. ㄗㄡ. ㄍ. ㄌㄡ. ㄍㄚ. ㄆㄛ. ㄙㄝ. ㄧㄡˋ）
請到那裡的蔬菜區後面看看。

＜到了賣泡菜的區域＞

Ａ：[떠케] [파라]
여기 김치 어떻게 팔아요?
（ㄧㄛ. ㄍㄧ. ㄅㄧㅁ. ㄑㄧ. ㄛ. ㄉㄛ. ㄎㄝ. ㄆㄚ. ㄌㄚ. ㄧㄡˊ）
這裡泡菜怎麼賣呢？

Ｃ：1kg에 5,000원이에요.
（ㄧㄌ. ㄎㄧㄌ. ㄌㄡ. ㄍ. ㄌㄝㅁ. ㅔ. ㄡ. ㄘㄛㄣ. ㄨㄣ. ㄧ. ㅔ. ㄧㄡˋ）
是一公斤五千元。

Ｂ：3kg 주세요.
（ㄙㄚㅁ. ㄎㄧㄌ. ㄌㄡ. ㄍ. ㄌㄝㅁ. ㄘㄨ. ㄙㄝ. ㄧㄡˋ）
請給我三公斤。

비행기 탈 거니까 포장 잘 해 주세요.
（ㄆㄧ. ㄏㄝㅇ. ㄍㄧ. ㄊㄚㄌ. ㄍㄛ. ㄋㄧ. ㄍㄚ. ㄆㄛ. ㄗㄤ. ㄘㄚㄌ. ㄏㄝ. ㄘㄨ. ㄙㄝ. ㄧㄡˋ）
我要搭飛機，所以麻煩幫我妥當地包裝。

※ kg：킬로그램（公斤）/ g：그램（公克）

韓國購物天堂「樂天超市」

　　如果想知道韓國人每天吃什麼，就要去當地的超市或大賣場逛一逛。可以在街頭上輕易的找到超市。至於大賣場，建議去位於首爾車站的「樂天超市（롯데마트 ㄌㄡㄗ. ㄉㄝ. ㄇㄚ. ㄊ）」，對遊客來說交通最方便、東西又多，也可以買到道地泡菜或伴手禮。小叮嚀！如果泡菜包裝不夠完整，會因為氣壓的關係，容易在搭飛機時破裂溢出。建議買真空包裝的泡菜，不然購買時跟店員說要搭飛機，請他們包裝妥當。

購物
超級市場

熱門韓國超市戰利品

韓國名產	泡菜（김치）：韓國超市都有賣現成的泡菜，用白菜、蘿蔔、小黃瓜等不同食材醃製的，有辣的、不辣的、有湯的，各種各樣都有。 海苔（김）：添加鹽巴、芝麻油調味、烤過的海苔，包飯最美味。 醃烏賊（오징어젓）：用生的烏賊醃漬，很下飯，其他醃製生鮮也很受歡迎。 辣椒醬（고추장）：DIY韓式拌飯的必需品。 人參 / 紅參製產品（인삼 / 홍삼제품）
飲料	香蕉牛奶（바나나우유）：肥肥胖胖像養樂多瓶身的最有名。 咖啡牛奶（커피우유）：像粽子形狀做成三角包裝的最有人氣。 柚子茶（유자차）、玉米茶（옥수수차）等各種茶包 燒酒（소주）、小米酒（막걸리）
餅乾	Butter Waffle（버터와플）：奶油味很重、長相很像鬆餅的煎餅。 Binch（빈츠）：一面是餅乾，另外一面是巧克力的餅乾。 辣炒年糕餅（떡볶이 과자）：長相很像辣炒年糕，紅紅的，很妙的味道！ 內餡蜂蜜的麵包（꿀호떡）：用平底鍋乾煎熱吃，讚！
泡麵	湯頭辣得很爽口的辛辣麵（신라면）和花枝辣麵（오징어 짬뽕），麵條QQ的馬鈴薯麵（감자면），微辣、帶一點點甜酸味的涼拌麵（비빔면）
糖果類	樂天喉糖Any Time（애니타임）、鍋巴糖（누룽지 사탕） 罐裝的樂天56%巧克力（롯데 드림 카카오 56%） ※在機場和濟州島賣的仙人掌和橘子口味的巧克力（盒裝）也非常受歡迎。

實用韓語教室

[이쩌]

이거 어디에 있어요?

（ㄧ . 《ㄛ . ㄛ . ㄉㄧ . ㄝ . ㄧ . ㄙㄛ . ㄧㄡ↗）

這個 在哪裡呢？

※ 可以參考左頁，把自己要的東西套進框框裡。

[가니] [난]

이거 유통기간이 지났는데요.

（ㄧ . 《ㄛ . ㄧㄨ . ㄊㄨㄥ . 《ㄧ . 《ㄚ . ㄋㄧ . ㄐㄧ . ㄋㄢ . ㄋㄣ . ㄉㄝ . ㄧㄡ↘）

這個已經過了保存期限。

비닐봉지 도 하나 주세요.

（ㄆㄧ . ㄋㄧㄹ . ㄆㄨㄥ . ㄐㄧ . ㄉㄨ . ㄏㄚ . ㄋㄚ . ㄘㄨ . ㄙㄝ . ㄧㄡ↘）

塑膠袋也給我一個。（結帳時可以講，在韓國通常要另外付錢購買塑膠袋）

※ 쇼핑백（ㄕㄡ . ㄆㄧㄥ . ㄅㄝㄱ）：在百貨或專櫃，可拿到的設計過的紙袋

[다마] [게써]

따로 따로 담아 주시겠어요?

（ㄉㄚ . ㄌㄡ . ㄉㄚ . ㄌㄡ . ㄊㄚ . ㄇㄚ . ㄘㄨ . ㄒㄧ . 《ㄝ . ㄙㄛ . ㄧㄡ↗）

麻煩幫我分開裝，好嗎？

[시퍼]

이거 다른 걸로 바꾸고 싶어요.

（ㄧ . 《ㄛ . ㄊㄚ . ㄌㄣ . 《ㄛㄹ . ㄌㄡ . ㄆㄚ . 《ㄨ . 《ㄡ . ㄒㄧ . ㄆㄛ . ㄧㄡ↘）

我想把這個換成 別的 。

※ 다른 색깔로（ㄊㄚ . ㄌㄣ . ㄙㄝㄱ . 《ㄚㄹ . ㄌㄡ）別的顏色

새 것으로（ㄙㄝ . 《ㄛ . ㄙ . ㄌㄡ）新的

이거 환불해 주세요.

（ㄧ . 《ㄛ . ㄏㄨㄢ . ㄆㄨㄹ . ㄏㄝ . ㄘㄨ . ㄙㄝ . ㄧㄡ↘）

這個麻煩幫我退費。

購物
熱門韓國超市戰利品・實用韓語教室

음반 가게（ㄷㅁ．ㄅㄢ．ㄎㄚ．ㄍㄝ）唱片行

Super Junior 최신 앨범
주세요.

（Super Junior．ㄘㄨㄝ．ㄒㄧㄣ．ㄝㄹ．ㄅㄛㅁ．ㄘㄨ．ㄙㄝ．ㄧㄡ丶）

請給我 Super Junior 的 最新專輯 。

把以下片語套進 □□□□ ，開口說說看！

2집	CD	콘서트DVD
（ㄧ．ㄐㄧㅂ）	（CD）	（ㄎㄡㄥ．ㄙㄛ．ㄊ．DVD）
第二張專輯	CD	演唱會DVD

브로마이드	※ 드라마OST	※ 영화OST
（ㄆ．ㄌㄡ．ㄇㄚ．ㄧ．ㄅ）	（ㄊ．ㄌㄚ．ㄇㄚ．OST）	（ㄧㄛㄥ．ㄏㄨㄚ．OST）
海報	連續劇原聲帶	電影原聲帶

※ 專輯數字 → 請參考第50頁

跟韓國人說說看！

A：나 (ㄋㄚ) 我 / B：점원 (ㄘㄛㄇ．ㄨㄣ) 店員

A：Super Junior 최신 앨범 한 장 주세요.
(Super Junior．ㄘㄨㄝ．ㄒㄧㄣ．ㄝㄹ．ㄅㄛㄇ．ㄏㄢ．ㄗㄤ．ㄘㄨ．ㄙㄝ．ㄧㄡ↘)
請給我一張 Super Junior 的最新專輯。

＜聽到店裡播出來的歌曲，感到好奇＞
지금 나오는 노래는 뭐예요?
(ㄐㄧ．ㄍㄇ．ㄋㄚ．ㄡ．ㄋㄣ．ㄋㄡ．ㄌㄝ．ㄋㄣ．ㄇㄨㄛ．ㄧㄝ．ㄧㄡ↗)
現在播出來的歌曲是什麼？

B：드라마 "꽃보다 남자"의 OST예요.
(ㄊ．ㄌㄚ．ㄇㄚ．ㄍㄡㄷ．ㄅㄡ．ㄉㄚ．ㄋㄚㄇ．ㄗㄚ．ㄝ．OST．ㄧㄝ．ㄧㄡ↘)
是連續劇「花樣男子（韓國版的流星花園）」的原聲帶。

[존]
A：노래가 참 좋네요.
(ㄋㄡ．ㄌㄝ．ㄍㄚ．ㄘㄚㄇ．ㄘㄡㄴ．ㄋㄝ．ㄧㄡ↘)
這首歌真好聽耶。

"꽃보다 남자" OST도 한 장 주세요.
(ㄍㄡㄷ．ㄅㄡ．ㄉㄚ．ㄋㄚㄇ．ㄗㄚ．OST．ㄉㄡ．ㄏㄢ．ㄗㄤ．ㄘㄨ．ㄙㄝ．ㄧㄡ↘)
「花樣男子」的原聲帶也給我一張。

漫遊韓國Q&A

音樂種類

가요 流行歌曲 (ㄎㄚ．ㄧㄡ)	댄스가요 快歌 (dance．ㄎㄚ．ㄧㄡ)	발라드 抒情歌 (ㄆㄚㄹ．ㄌㄚ．ㄉ)
트로트 老歌 （類似演歌風格的） (ㄊ．ㄌㄡ．ㄊ)	국악 國樂 （韓國傳統音樂） (ㄎㄨ．ㄍㄚㄱ)	록 搖滾樂 (ㄌㄡㄱ) =락
팝송 西洋歌曲 (ㄆㄚㅂ．ㄙㄨㄥ)	재즈 爵士 (ㄗㄝ．ㄗ)	클래식 古典音樂 (ㄎㄹ．ㄌㄝ．ㄒㄧㄱ)

購物 唱片行

韓國人氣偶像歌手

비 Rain （ㄆㄧ）	SS501 （double．S．ㄡ．ㄅㄨㄥ．ㄧㄌ）	슈퍼주니어 Super Junior （Super．Junior）
신화 神話 （ㄒㄧㄣ．ㄏㄨㄚ）	동방신기 東方神起 （ㄊㄨㄥ．ㄅㄤ．ㄒㄧㄣ．ㄍㄧ）	빅뱅 Big Bang （Big．Bang）
샤이니 SHINee （ㄕㄚ．ㄧ．ㄋㄧ）	FT아일랜드 FTIsland （FT．Island）	2PM （two．PM）

이효리 李孝莉 （ㄧ．ㄏㄧㄡ．ㄌㄧ）	소녀시대 少女時代 （ㄙㄡ．ㄋㄧㄜ．ㄒㄧ．ㄅㄝ）	보아 BoA；寶兒 （ㄆㄡ．ㄚ）
2NE1 （two．any．one）	원더걸스 Wonder Girls （Wonder．Girls）	카라 KARA （ㄎㄚ．ㄌㄚ）

Sorry ~ Sorry ~

Nobody ~

實用韓語教室

[구계]
요즘 한국에서 유행하는 노래는 뭐예요?
(一ㄡ．ㄗㄇ．ㄏㄢ．ㄍㄨ．ㄍㄝ．ㄙㄛ．一ㄨ．ㄏㄝㄛ．ㄏㄚ．ㄋㄣ．ㄋㄡ．ㄌㄝ．ㄋㄣ．ㄇㄨㄛ．一ㄝ．一ㄡ↗)
最近在韓國流行的歌曲是什麼？

[인]
요즘 제일 인기있는 가수는 누구예요?
(一ㄡ．ㄗㄇ．ㄘㄝ．一ㄹ．一ㄣ．ㄍ一．一ㄣ．ㄋㄣ．ㄎㄚ．ㄙㄨ．ㄋㄣ．ㄋㄨ．ㄍㄨ．一ㄝ．一ㄡ↗)
最近人氣最旺的歌手是誰？

[인]
동방신기 CD는 어디에 있나요?
(ㄊㄨㄥ．ㄅㄤ．ㄒ一ㄣ．ㄍ一 ．CD．ㄋㄣ．ㄛ．ㄉ一．ㄝ．一ㄣ．ㄋㄚ．一ㄡ↗)
東方神起 的CD在哪裡呢？
※ 可以參考左頁，把自己要的歌手名字套進框框裡。

[씀]
다 팔렸습니다.
(ㄊㄚ．ㄆㄚㄹ．ㄌ一ㄛ．ㄙㄇ．ㄋ一．ㄉㄚ↘)
都賣完了。

[엄]
비 브로마이드는 없나요?
(ㄆ一．ㄆ．ㄌㄡ．ㄇㄚ．一．ㄉ．ㄋㄣ．ㄛㄇ．ㄋㄚ．一ㄡ↗)
沒有Rain的海報嗎？

브로마이드 한 장 더 주시면 안 돼요?
(ㄆ．ㄌㄡ．ㄇㄚ．一．ㄉ．ㄏㄢ．ㄗㄤ．ㄊㄛ．ㄘㄨ．ㄒ一．ㄇ一ㄛㄣ．ㄢ．ㄊㄨㄝ．一ㄡ↗)
能不能多給我一張海報？

購物 韓國人氣偶像歌手．實用韓語教室

量詞

★ 東西＋數量＋量詞 주세요 .
　請給我 數量＋量詞＋東西 。

개（個）	**이거 한 개 주세요 .** 請給我一個這個。
장（張）	**교통카드 한 장 주세요 .** 請給我一張交通卡。
잔 / 컵（杯）	**커피 한 잔 주세요 .** 請給我一杯咖啡。
병（瓶）	**콜라 두 병 주세요 .** 請給我二瓶可樂。
봉지（包）	**이 과자 세 봉지 주세요 .** 請給我三包這個餅乾。
박스 / 상자（箱）	**신라면 한 박스 주세요 .** 請給我一箱辛辣麵。

★ 이 東西 한 量詞 에 얼마예요 ?
　 這 量詞＋東西 多少錢 ?

대（台）	이 카메라 한 대에 얼마예요 ? 這台相機多少錢 ?
권（本）	이 노트 한 권에 얼마예요 ? 這本筆記本多少錢 ?
자루（枝）	이 펜 한 자루에 얼마예요 ? 這枝筆多少錢 ?
벌（件）	이 원피스 한 벌에 얼마예요 ? 這件洋裝多少錢 ?

★ 이 東西 한 量詞 에 價錢 원이에요 .
　 這 量詞＋東西 ＋ 價錢 元。

켤레（雙；鞋子、襪子）	이 양말 한 켤레에 2,000원이에요 . 這雙襪子二千元。
쌍（副、雙；其它）	이 귀고리 한 쌍에 10,000원이에요 . 這副耳環一萬元。

※ 數字；數量→ 請參考第20頁 / 價錢→ 請參考第50頁

購
物

量
詞

도와주세요.

(ㄊㄡ.ㄨㄚ.ㄘㄨ.ㄥㄝ.ㄧㄡˋ)

請幫忙。

STEP 8.

위급 상황

(ㄐ.《ㄅ.ㄙㅊ.ㄏㄨㅊ)

緊急情況

- 길 묻기 問路
- 분실 遺失
- 약국 藥局
- 병원 醫院

[쪼그]
사거리 에서 오른쪽으로

[도라]
돌아가세요.

(ㄙㅏ.ㄍㅓ.ㄌㅣ.ㅔ.ㄙㅓ.ㅈㄨ.ㄌㄣ.ㅈㅗㄨ.ㄍ.ㄌㅗㄨ.ㄊㅗㄨ.ㄌㅏ.ㄎㅏ.ㄙㅔ.ㄧㅗㄨ\)

請在 十字路口 右轉。

把以下片語套進 □□□ ，開口說說看！

[펴니] 편의점 (ㄆㄧㅓ.ㄋㄧ.ㅈㅓㅁ) 便利商店	커피숍 (ㄎㅓ.ㄆㄧ.ㄕㄡㅂ) 咖啡廳	은행 (ㅓㄴ.ㄏㅐㅇ) 銀行
파출소 (ㄆㅏ.ㄘㄨㄹ.ㄙㄡ) 派出所	저 가게 (ㄘㅓ.ㄎㅏ.ㄍㅔ) 那家店鋪	저 빌딩 (ㄘㅓ.ㄅㄧㄹ.ㄉㄧㅇ) 那棟大廈

※ 更多問路的說法 → 請參考第46、100頁

跟韓國人說說看！

Ａ：나（ㄋㄚ）我 / Ｂ：지나가는 사람（ㄐㄧˋ．ㄋㄚ．ㄎㄚ．ㄋㄣ．ㄙㄚ．ㄌㄚㅁ）路人

[무를]

Ａ：저기요, 길 좀 물을게요.
（ㄘㄛ．ㄍㄧ．ㄧㄡ．ㄎㄧㄌ．ㄘㄨㅁ．ㄇㄨ．ㄌㄜ．ㄍㄝ．ㄧㄡˋ）
不好意思，問路一下。

[떠케]

여기 어떻게 가요?
（ㄧㄛ．ㄍㄧ．ㄛ．ㄉㄛ．ㄎㄝ．ㄎㄚ．ㄧㄡˊ）
請問這裡怎麼走？（給對方看目的地名稱或地址）

[쪼그] [도라]

Ｂ：저기 사거리에서 왼쪽으로 돌아가세요.
（ㄘㄛ．ㄍㄧ．ㄙㄚ．ㄍㄛ．ㄌㄧ．ㄝ．ㄙㄛ．ㄨㄟㄣ．ㄗㄡ．ㄍ．ㄌㄡ．ㄊㄡ．ㄌㄚ．ㄎㄚ．ㄙㄝ．ㄧㄡˋ）
請在那個十字路口左轉。

거기에서 50m정도 가다 보면 보일 거예요.
（ㄎㄛ．ㄍㄧ．ㄝ．ㄙㄛ．ㄡ．ㄒㄧㄅ．ㄇㄧ．ㄊㄛ．ㄘㄥ．ㄉㄡ．ㄎㄚ．ㄉㄚ．ㄆㄡ．ㄇㄧㄛㄣ．
ㄆㄡ．ㄧㄌ．ㄍㄛ．ㄧㄝ．ㄧㄡˋ）
從那裡走五十公尺左右就會看到。

[함]

Ａ：감사합니다.
（ㄎㄚㅁ．ㄙㄚ．ㄏㅁㅁ．ㄋㄧ．ㄉㄚˋ）
謝謝。

※ 數字；距離 → 請參考第50頁 / m：미터（公尺）

急難救助「旅遊諮詢熱線」

1330旅遊熱線（手機請撥：（02）1330），是韓國觀光公社提供的旅遊諮詢服務電話。在韓國任何地區，只要撥打這個電話，就可以得到二十四小時中文、英文和日文的旅遊諮詢服務。當遊客遇到觀光、住宿、購物等各種方面的問題，尤其是迷失方向又語言不通時，均可撥打這條服務熱線。

報案：112（提供外語服務——包括中、英、日、俄、法、西及德語）

火警、救護車：119（與旅遊諮詢熱線1330連線）

查號台：114

분실（ㄆㄨㄥ.ㄒㄧㄌ）遺失

A 를 [이러] [려써]
B 을 잃어버렸어요.

（A ㄌㄢˊ/B ㄜㄌㄢ .ㄧ.ㄌㄛ.ㄅㄛ.ㄌㄩㄛ.ㄙㄛ.ㄧㄡˋ）

我弄丟了 ☐ 。

把以下片語套進 ▭，開口說說看！

A

신용카드
（ㄒㄧㄣ.ㄩㄥ.ㄎㄚ.ㄉ）
信用卡

A

비행기표
（ㄆㄧˊ.ㄏㄝㄥ.《ㄧ.ㄆㄧㄡ）
機票

A

디지털 카메라
（ㄉㄧ.ㄐㄧ.ㄊㄛㄌ.ㄎ.ㄚ.ㄇㄝ.ㄌㄚ）
數位相機

B

지갑
（ㄐㄧ.《ㄚㅂ）
錢包

B

여권
（ㄧㄛ.《ㄨㄣ）
護照

B

노트북
（ㄋㄡ.ㄊ.ㄅㄨㄟ）
筆記型電腦

跟韓國人說說看！

Ａ：나 (ㄋㄚ) 我 ／ Ｂ：경찰 (ㄅㄧㄛㄥ . ㄘㄚㄌ) 警察

[이러] [려써]
Ａ：가방을 잃어버렸어요.
（ㄎㄚ . ㄅㄤ . ㄜㄌ . ㄧ . ㄌㄛ . ㄅㄛ . ㄌㄧㄛ . ㄙㄛ . ㄧㄡˋ）
我弄丟了包包。

[아네] [인]
Ｂ：안에 뭐가 있나요?
（ㄚ . ㄋㄝ . ㄇㄜ . ㄍㄚ . ㄧㄣ . ㄋㄚ . ㄧㄡˊ）
裡面有什麼呢？

[가파] [드러이써]
Ａ：지갑하고 카메라가 들어있어요.
（ㄐㄧ . ㄍㄚ . ㄆㄚ . ㄍㄡ . ㄎㄚ . ㄇㄝ . ㄌㄚ . ㄍㄚ . ㄊㄜ . ㄌㄛ . ㄧ . ㄙㄛ . ㄧㄡˋ）
有放錢包和相機。

[시글]
Ｂ：우선, 이 양식을 작성하세요.
（ㄨ . ㄙㄣ . ㄧ . ㄧㄤ . ㄒㄧ . ㄍㄌ . ㄐㄚㄍ . ㄙㄥ . ㄏㄚ . ㄙㄝ . ㄧㄡˋ）
首先，請填寫這張表格。

＜填寫好資料之後＞ [열]
Ａ：찾게 되면 저한테 바로 연락 부탁드려요.
（ㄘㄚㄉ . ㄍㄝ . ㄊㄨㄝ . ㄇㄧㄢ . ㄘㄛ . ㄏㄢ . ㄊㄝ . ㄆㄚ . ㄌㄡ . ㄧㄛㄌ . ㄌㄚㄍ . ㄆㄨ . ㄊㄚㄍ . ㄉ . ㄌㄧㄛ . ㄧㄡˋ）
找到的話，請立刻跟我聯絡。

急難救助「駐韓國台北代表部」

旅遊中會發生的困擾大多可撥1330（旅遊諮詢熱線）解決，但如果護照掉了，則必須和「駐韓國台北代表部」聯絡，請求協助。
駐韓國台北代表部（Taipei Mission In Korea）
地址：110-050 首爾市鍾路區世宗路211番地光化門大樓6樓
電話：（02）3992767-9
受理時間：週一至五 09：00～15：00
駐釜山辦事處地址
地址：釜山廣域市中區中央洞4街25番地東邦大樓9樓
電話：（051）4637965

困擾
遺失

약국 (一ㄚㄱ.《ㄨㄱ) 藥局

감기약 주세요.

(ㄎㄚㅁ.《一.一ㄚㄱ.ㅊㄨ.ㄙㄝ.一ㄡˋ)

請給我 感冒藥 。

把以下片語套進 ☐☐☐☐ , 開口說說看!

두통약
(ㄊㄨ.ㄊㄨㄥ.一ㄚㄱ)
頭痛藥

멀미약
(ㄇㄛㄹ.ㄇㄧ.一ㄚㄱ)
暈車藥

변비약
(ㄅ一ㄛㄣ.ㄅ一.一ㄚㄱ)
便秘藥

위장약
(ㄩ.ㄓㄤ.一ㄚㄱ)
腸胃藥
(針對胃痛、胃炎等的腸胃藥)

소화제
(ㄙㄡ.ㄏㄨㄚ.ㄗㄝ)
消化劑
(針對消化不良的腸胃藥)

해열제
(ㄏㄝ.一ㄛㄹ.ㄗㄝ)
退燒藥

跟韓國人說說看！

Ⓐ：나 (ㄋㄚ) 我 / Ⓑ：친구 (ㄑ一ㄣ.ㄍㄨ) 朋友

Ⓐ：미혜 씨, 안색이 안 좋아요.
[새기]　　[조]
(ㄇ一.ㄏㄝ.ㄙ一.ㄢ.ㄙㄝ.ㄍ一.ㄢ.ㄘㄡ.ㄚ.一ㄡˋ)
美惠小姐，妳的臉色不好。

어디 아파요?
(ㄛ.ㄉ一.ㄚ.ㄆㄚ.一ㄡˊ)
哪裡不舒服嗎？

Ⓑ：네, 머리가 너무 아파요.
(ㄋㄝ.ㄇㄛ.ㄌ一.ㄍㄚ.ㄋㄛ.ㄇㄨ.ㄚ.ㄆㄚ.一ㄡˋ)
是，頭太痛了。

Ⓐ：그래요? 잠깐만 기다려요.
(ㄎ.ㄌㄝ.一ㄡˊ∥ㄘㄚㄇ.ㄍㄢ.ㄇㄢ.ㄎ一.ㄉㄚ.ㄌ一ㄛ.一ㄡˋ)
是嗎？妳等一下。

제가 금방 약 사 가지고 올게요.
(ㄘㄝ.ㄍㄚ.ㄎㄇ.ㄅㄤ.一ㄚㄱ.ㄙㄚ.ㄎㄚ.ㄐ一.ㄍㄡ.ㄡㄌ.ㄍㄝ.一ㄡˋ)
我馬上買藥回來。

＜到了藥局＞
두통약 주세요.
(ㄊㄨ.ㄊㄨㄥ.一ㄚㄱ.ㄘㄨ.ㄙㄝ.一ㄡˋ)
請給我頭痛藥。

其他藥物種類

진통제 止痛藥	생리통약 生理痛藥	수면제 安眠藥
(ㄐ一ㄣ.ㄊㄨㄥ.ㄗㄝ)	(ㄙㄝㅇ.ㄌ一.ㄊㄨㄥ.一ㄚㄱ)	(ㄙㄨ.ㄇ一ㄛㄣ.ㄗㄝ)
지사제 止瀉藥	렌즈약 隱形眼鏡藥水	식염수 生理食鹽水 [시겸]
(ㄐ一.ㄙㄚ.ㄗㄝ)	(ㄌㄝㄣ.ㄗ.一ㄚㄱ)	(ㄒ一.ㄍ一ㄛㄇ.ㄙㄨ)
안약 眼藥水 [아냑]	비타민C 維他命C	반창고 OK繃
(ㄚ.ㄋ一ㄚㄱ)	(ㄆ一.ㄊㄚ.ㄇ一ㄣ.C)	(ㄆㄢ.ㄘㄤ.ㄍㄡ)

困擾
藥局

병원（ㄆㄧㄛㄥ．ㄨㄢ）醫院

어젯밤부터
머리가 아파요.

（ㄛ．ㄗㄝㄷ．ㄅㄚㄇ．ㄆㄨ．ㄊㄛ．　ㄇㄛ．ㄌㄧ．ㄍㄚ．ㄚ．ㄆㄚ．ㄧㄡˋ）

從昨天晚上開始 頭痛 。

把以下片語套進 ▢▢▢ ，開口說說看！

배가 아파요 （ㄆㄝ．ㄍㄚ．ㄚ．ㄆㄚ．ㄧㄡˋ） 肚子痛	소화가 안 돼요 （ㄙㄡ．ㄏㄨㄚ．ㄍㄚ．ㄢ．ㄊㄨㄝ．ㄧㄡˋ） 消化不良	[콘 무 리] 콧물이 나요 （ㄎㄡㄥ．ㄇㄨ．ㄌㄧ．ㄋㄚ．ㄧㄡˋ） 流鼻水
[여리] 열이 나요 （ㄧㄛ．ㄌㄧ．ㄋㄚ．ㄧㄡˋ） 發燒	[치믈] 기침을 해요 （ㄎㄧ．ㄑㄧ．ㄇㄥ．ㄏㄝ．ㄧㄡˋ） 咳嗽	설사를 해요 （ㄙㄛㄌ．ㄙㄚ．ㄌㄜ．ㄏㄝ．ㄧㄡˋ） 拉肚子

※ 更多身體名稱 → 請參考第162頁

跟韓國人說說看！

Ａ：의사 (ㄜ一．ㄙㄚ) 醫生 ／ Ｂ：나 (ㄋㄚ) 我

Ａ：어디가 아프세요?
(ㄜ．ㄉㄧ．ㄍㄚ．ㄚ．ㄆ．ㄙㄝ．一ㄡˊ)
請問哪裡不舒服？

[콘 무 리]　　　　[모기]
Ｂ：어젯밤부터 계속 콧물이 나고 목이 아파요.
(ㄜ．ㄗㄝㄷ．ㄅㄧㄇ．ㄆㄨ．ㄊㄜ．ㄎㄝ．ㄙㄡㄍ．ㄎㄡㄥ．ㄇㄨ．ㄌㄧ．ㄋㄚ．ㄍㄡ．ㄇㄡㄍ．一．ㄚ．ㄆㄚ．一ㄡˋ)
從昨晚開始一直流鼻水，喉嚨痛。

[업쓰]
Ａ：다른 증상은 없으세요?
(ㄊㄚ．ㄌㄣ．ㄗ0．ㄙㄤ．ㄣ．ㄛㄅ．ㄙ．ㄙㄝ．一ㄡˊ)
沒有其它症狀嗎？

Ｂ：기침도 조금 해요.
(ㄎㄧ．ㄑㄧㄇ．ㄉㄡ．ㄘㄡ．ㄍㄇ．ㄏㄝ．一ㄡˋ)
也有一點點咳嗽。

[시쿠]　　　　　[야글]
Ａ：감기예요. 하루 세 번 식후에 이 약을 드세요.
(ㄎㄢㄇ．ㄍㄧ．一ㄝ．一ㄡˋ∥ㄏㄚ．ㄉㄨ．ㄙㄝ．ㄅㄣ．ㄒㄧ．ㄎㄨ．ㄝ．一．ㄚ．ㄌ．ㄊ．ㄙㄝ．一ㄡˋ)
是感冒。這個藥請你一天三次，飯後三十分鐘吃。

※ 식전：餐前 ／ 수면 전：睡眠前 ／ 공복：空腹

更多的症狀

여기를 다쳤어요. 這裡受傷了。
여기가 부었어요. 這裡腫起來了。
여기가 간지러워요. 這裡很癢。
여기에 두드러기가 났어요. 這裡長疹子。

어지러워요. 頭很暈。
토하고 싶어요. 想吐。

身體名稱

★ <u>A</u>가
  <u>B</u>이 아파요 . □不舒服。/ □痛。

A

머리 頭 (ㄇㄛ.ㄌㄧ)	코 鼻子 (ㄎㄡ)	어깨 肩膀 (ㄛ.ㄍㄝ)	배 肚子 (ㄆㄝ)
위 胃 (ㄩ)	허리 腰 (ㄏㄛ.ㄌㄧ)	다리 腿 (ㄊㄚ.ㄌㄧ)	여기 這裡 (ㄧㄛ.ㄍㄧ)

B

눈 眼睛 (ㄋㄨㄣ)	입 嘴 (ㄧㅂ)	목 脖子、喉嚨 (ㄇㄡㄱ)	가슴 胸 (ㄎㄚ.ㄙㅁ)
등 背 (ㄊㅇ)	팔 手臂 (ㄆㄚㄹ) ※ 唸成一聲	손 手 (ㄙㄡㄣ)	손가락 手指頭 (ㄙㄡㄣ.ㄍㄚ.ㄌㄚㄱ)
엉덩이 屁股 (ㄛㅇ.ㄉㅇ.ㄧ)	무릎 膝蓋 (ㄇㄨ.ㄌㅂ)	발 腳 (ㄆㄚㄹ) ※ 唸成三聲	발가락 腳指頭 (ㄆㄚㄹ.ㄍㄚ.ㄌㄚㄱ)

※ 可以和第79頁的副詞一起用。

實用韓語教室

[두기]   [부리]

도둑이야! / 소매치기야! / 불이야!

（ㄊㄡ．ㄉㄨ．《ㄧ．ㄧㄚ→/ㄙㄡ．ㄇㄝ．ㄑㄧ．《ㄧ．ㄧㄚ→/ㄆㄨ．ㄌㄧ．ㄧㄚ→）

有小偷呀！/ 有扒手呀！/ 失火啦！

도와주세요.

（ㄊㄡ．ㄨㄚ．ㄘㄨ．ㄙㄝ．ㄧㄡˋ）

請幫忙。

[가블]   [마자써]

지갑 을 도둑맞았어요.

（ㄐㄧ．《ㄚ．ㄅㄜ．ㄊㄡ．ㄉㄨㄍ．ㄇㄚ．ㄗㄚ．ㄙㄛ．ㄧㄡˋ）

錢包被偷了。

※ 可以把第156頁的詞，套進框框裡。

[차레]   [게써]

경찰에 신고 좀 해 주시겠어요?

（ㄎㄧㄥ．ㄘㄚ．ㄌㄝ．ㄒㄧㄣ．《ㄡ．ㄘㄨㄛㄇ．ㄏㄝ．ㄘㄨ．ㄒㄧ．《ㄝ．ㄙㄛ．ㄧㄡˊ）

麻煩幫我報警，好嗎？

구급차 좀 불러 주세요.

（ㄎㄨ．《ㄅ．ㄑㄚ．ㄘㄨㄛㄇ．ㄆㄨㄌ．ㄌㄛ．ㄘㄨ．ㄙㄝ．ㄧㄡˋ）

請幫我叫救護車。

[워네]

병원에 좀 데려가 주세요.

（ㄅㄧㄛㄥ．ㄨㄛ．ㄋㄝ．ㄘㄨㄛㄇ．ㄊㄝ．ㄌㄧㄛ．《ㄚ．ㄘㄨ．ㄙㄝ．ㄧㄡˋ）

請帶我去醫院。

[구거]

여기 중국어 하는 분 계세요?

（ㄧㄛ．《ㄧ．ㄑㄨㄥ．《ㄨ．《ㄛ．ㄏㄚ．ㄋㄣ．ㄆㄨㄥ．ㄎㄝ．ㄙㄝ．ㄧㄡˊ）

這裡有人會講中文嗎？

[이써]

아주 재미있어요.

（ㄚ˙ㄗㄨ˙ㄘㄝ˙ㄇㄧˊㄧ˙ㄙㄜ˙ㄧㄡˋ）

很好玩。

부록

（ㄆㄨ．ㄌㄡ）

附 錄

韓國地圖＋重要都市

※「道」：行政區域之一，等於是台灣的「縣」。

一九五〇年韓戰爆發，一九五三年休戰協定後，朝鮮半島一分為二，就是民主主義的「南韓」與共產主義的「北韓」。「大韓民國」、「韓國」等的名稱，都是指南韓，右頁的地圖就是南韓的行政區域。

南韓由八個道（京畿道、江原道忠、忠清南道、忠清北道、慶尚南道、慶尚北道、全羅南道、全羅北道），一個特別自治道（濟州島），一個特別市（首爾），六個廣域市（釜山、大邱、仁川、光州、大田、蔚山）所組成。下面就是介紹南韓的幾個重要都市：

★ 首爾（서울 ㄙㄛ．ㄨㄌ）

韓國的首都（人口一千萬），擁有六百年的歷史，是韓國政治、社會、經濟、文化中心。如果是第一次去韓國的遊客，建議先留在首爾好好的逛一逛（一個星期都嫌不夠！），如果還有時間再安排去別的城市觀光。

★ 仁川（인천 ㄧㄣ．ㄘㄛㄣ）

韓國主要的貿易港口城市，預定於二〇一四年九月舉辦亞運。韓國國際機場也在這裡。從台灣飛到仁川機場後，還要轉公車或捷運等交通工具才可以到首爾。仁川機場到首爾，和桃園機場到台北市的距離差不多，大概四十分鐘的車程。

★ 春川（춘천 ㄘㄨㄥ．ㄘㄛㄣ）

位於韓國東北部的江原道。因為韓劇《冬季戀歌》在該地拍攝，所以是裴勇俊的日本粉絲們一定會前往朝聖的地方。去春川，記得要嚐嚐當地最著名的美食料理「辣炒雞排」喔！

江原道還有四季皆美、賞楓葉最佳選擇的「雪嶽山國立公園」以及韓劇《藍色生死戀》的拍攝地點、美麗港口都市「速草（속초）」。

★ 慶州（경주 ㄎㄧㄛㄥ．ㄗㄨ）

位於慶尚北道的慶州，是完整保留新羅佛教文化的千年古都。新羅為韓國歷史上的朝代之一，韓劇《善德女王》就是講這個時代的故事。對韓國歷史和佛教文化

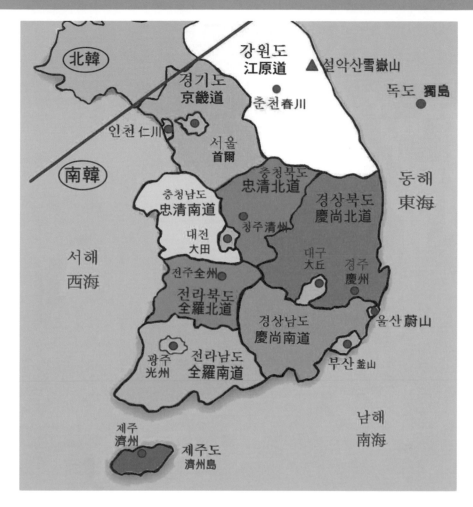

有興趣的人，可以去慶州參觀「佛國寺（불국사）」、「石窟庵（석굴암）」，順便去慶尚北道的另外一個地方叫做「安東河回村（안동하회마을）」參與韓國傳統假面舞節。

★ 釜山（부산 ㄆㄨ．ㄙㄢ）

位於韓國東南部的慶尚南道。韓國第二大城市（人口三六〇萬），也是韓國最大的貿易港口城市。每年舉辦「釜山國際電影節」，吸引很多外國觀光客。

★ 濟州島（제주도 ㄘㄝ．ㄗㄨ．ㄉㄡ）

濟州島位於韓國的最南部。由於氣候宜人、風景美麗，因此有「韓國的夏威夷」之稱，也是韓國人度假、尤其度蜜月的首選。

首爾捷運地圖

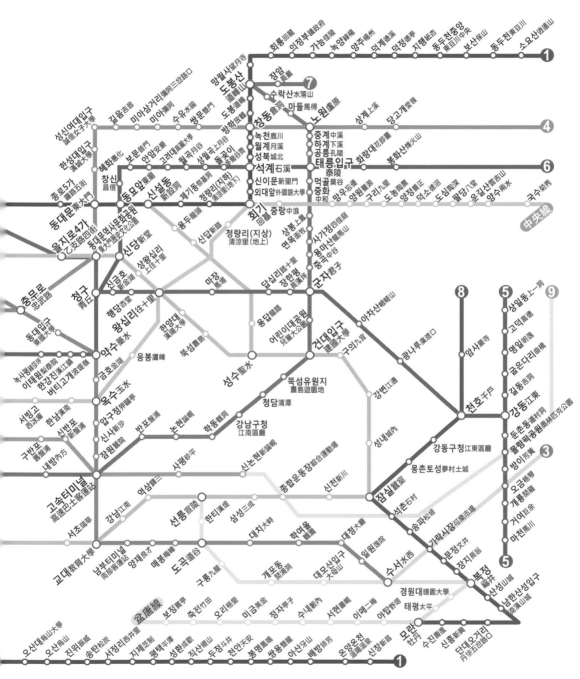

基本韓語會話

안녕하세요? 你好！

（ㄋ．ㄋㄧㄥ．ㄏㄚ．ㄙㄝ．ㄧㄡˊ）

[씀]

처음 뵙겠습니다. 初次見面。

（ㄔㄛ．ㄜㅁ．ㄆㄨㄝㅂ．ㄍㄝ．ㄙㅁ．ㄋㄧ．ㄉㄚˋ）

저는 名字 라고 해요. 我叫做 名字 。

（ㄔㄛ．ㄋㄣ．名字．ㄌㄚ．ㄍㄡ．ㄏㄝ．ㄧㄡˋ）

[라미]

저는 대만 사람이에요. 我是台灣人。

（ㄔㄛ．ㄋㄣ．ㄊㄝ．ㄇㄢ．ㄙㄚ．ㄉㄚ．ㄇㄧ．ㄝ．ㄧㄡˋ）

만나서 반가워요. 很高興認識你。

（ㄇㄢ．ㄋㄚ．ㄙㄛ．ㄆㄢ．ㄍㄚ．ㄨㄛ．ㄧㄡˋ）

[아프]

앞으로 잘 부탁드려요. 以後請多多指教。

（ㄚ．ㄆ．ㄌㄡ．ㄘㄚㄌ．ㄆㄨ．ㄊㄚㄍ．ㄉ．ㄌㄧㄛ．ㄧㄡˋ）

[함]
감사합니다. 謝謝。（正式說法）
（ㄎㄚㄇ.ㄙㄚ.ㄏㄚㄇ.ㄋㄧ.ㄉㄚˋ）

고마워요. 謝謝。（口語說法）
（ㄎㄡ.ㄇㄚ.ㄨㄛ.<u>ㄧㄡˋ</u>）

아니에요. 不客氣。
（ㄚ.ㄋㄧ.ㄝ.<u>ㄧㄡˋ</u>）

[함]
죄송합니다. 對不起。（正式說法）
（ㄎㄨㄝ.ㄙㄨㄥ.ㄏㄚㄇ.ㄋㄧ.ㄉㄚˋ）

[아내]
미안해요. 對不起。（口語說法）
（ㄇㄧ.ㄚ.ㄋㄝ.<u>ㄧㄡˋ</u>）

[차나]
괜찮이요. 沒關係。
（ㄎㄨㄝㄥ.ㄔㄚ.ㄋㄚ.<u>ㄧㄡˋ</u>）

[마니]
오랜만이에요. 好久不見！
(ㄡ．ㄌㄝㄴ．ㄇㄚ．ㄋㄧ．ㄝ．ㄧㄡ↘)

[내써]
그동안 잘 지냈어요？ 你這段時間過得好嗎？
(ㄎ．ㄉㄨㄥ．ㄢ．ㄘㄚㄹ．ㄐㄧ．ㄋㄝ．ㄙㄛ．ㄧㄡ↗)

[부네] [내써]
네, 덕분에 잘 지냈어요. 是啊，託你的福我過得很好。
(ㄋㄝ．ㄊㄛㄱ．ㄅㄨ．ㄋㄝ．ㄘㄚㄹ．ㄐㄧ．ㄋㄝ．ㄙㄛ．ㄧㄡ↘)

[워써]
오늘 너무 고마웠어요. 今天非常謝謝你。
(ㄡ．ㄋㄹ．ㄋㄛ．ㄇㄨ．ㄎㄡ．ㄇㄚ．ㄨㄛ．ㄙㄛ．ㄧㄡ↘)

[이써써]
오늘 너무 재미있었어요. 今天過得非常愉快。
(ㄡ．ㄋㄹ．ㄋㄛ．ㄇㄨ．ㄘㄝ．ㄇㄧ．ㄧ．ㄙㄛ．ㄙㄛ．ㄧㄡ↘)

[떠케]
핸드폰 번호 가 어떻게 되세요？ 你的 手機號碼 是什麼（→幾號）？
(ㄏㄝㄴ．ㄉ．ㄆㄡㄥ．ㄆㄣ．ㄏㄡ．ㄍㄚ．ㄛ．ㄉㄛ．ㄎㄝ．ㄊㄨㄝ．ㄙㄝ．ㄧㄡ↗)
※ 전화번호：電話號碼 / 이메일 주소：email地址 / 집 주소：住址

[함]
마중 나와 주셔서 감사합니다. 謝謝來接我。

（ㄇㄚ.ㄗㄨㄥ.ㄋㄚ.ㄨㄚ.ㄘㄨ.ㄕㄛ.ㄙㄛ.ㄍㄚㄇ.ㄙㄚ.ㄏㄚㄇ.ㄋㄧ.ㄉㄚˋ）

※ 배웅해：送我

[마네]
대만에 꼭 놀러 오세요. 一定要來台灣玩喔。

（ㄊㄝ.ㄇㄚ.ㄋㄝ.《ㄡㄍ.ㄋㄡㄹ.ㄌㄛ.ㄡ.ㄙㄝ.ㄧㄡˋ）

[마네]　　　[열]
대만에 오시면 연락 주세요. 如果來台灣，請跟我聯絡。

（ㄊㄝ.ㄇㄚ.ㄋㄝ.ㄡ.ㄒㄧ.ㄇㄧㄛㄣ.ㄧㄛㄹ.ㄌㄚㄍ.ㄘㄨ.ㄙㄝ.ㄧㄡˋ）

[마네]　[차카]
대만에 도착하면 전화할게요. 等我到台灣，我會打電話給你。

（ㄊㄝ.ㄇㄚ.ㄋㄝ.ㄊㄡ.ㄘㄚ.ㄎㄚ.ㄇㄧㄛㄣ.ㄘㄣ.ㄏㄨㄚ.ㄏㄚㄌ.《ㄝ.ㄧㄡˋ）

[마니]　　　[시플]
많이 보고 싶을 거예요. 我會很想你。

（ㄇㄚ.ㄋㄧ.ㄆㄡ.《ㄡ.ㄒㄧ.ㄆㄹ.《ㄛ.ㄧㄝ.ㄧㄡˋ）

[열라카]
우리 서로 계속 연락하고 지내요. 我們保持聯絡。

（ㄨ.ㄌㄧ.ㄙㄛ.ㄌㄡ.ㄎㄝ.ㄙㄡㄍ.ㄧㄛㄹ.ㄌㄚ.ㄎㄚ.《ㄡ.ㄐㄧ.ㄋㄝ.ㄧㄡˋ）

韓語的基本發音

母音

字母	ㅏ	ㅑ	ㅓ	ㅕ		
發音	ㄚ	<u>ㄧㄚ</u>	ㄛ	<u>ㄧㄛ</u>		

字母	ㅗ	ㅛ	ㅜ	ㅠ	ㅡ	ㅣ
發音	ㄡ	<u>ㄧㄡ</u>	ㄨ	<u>ㄧㄨ</u>		ㄧ

字母	ㅐ	ㅒ	ㅔ	ㅖ		
發音	ㄝ	<u>ㄧㄝ</u>	ㄝ	<u>ㄧㄝ</u>		

字母	ㅘ	ㅙ	ㅚ	ㅝ	ㅞ	
發音	ㄨㄚ	ㄨㄝ	ㄨㄝ	ㄨㄛ	ㄨㄝ	

字母	ㅟ	ㅢ				
發音	ㄩ	<u>ㄜㄧ</u>				

※ 在本書中，有底線的注音，雖然單獨發音，但要把他們聯在一起、快速度的唸。

※ 韓語母音「ㅡ」不管用英文、日文、注音都無法寫出它正確的音，因此在本書，以它遇到的子音所一起造的發音找最接近的注音來標註。

子音

字母	ㄱ	ㄴ	ㄷ	ㄹ	ㅁ
發音	ㄎ／ㄍ	ㄋ	ㄊ／ㄉ	ㄌ	ㄇ

字母	ㅂ	ㅅ	ㅇ	ㅈ	ㅊ
發音	ㄆ／ㄅ	ㄙ／ㄒ／ㄕ		ㄘ／ㄗ／ㄐ	ㄘ／ㄑ

字母	ㅋ	ㅌ	ㅍ	ㅎ	
發音	ㄎ	ㄊ	ㄆ	ㄏ	

字母	ㄲ	ㄸ	ㅃ	ㅆ	ㅉ
發音	ㄍ	ㄉ	ㄅ	ㄙ	ㄗ

※「ㅇ」當一般子音時本身沒發音，要靠母音的音來唸，它只有當「收尾音」的時候才會有自己的音。

※「ㄱ」或「ㄷ」等有些子音唸法不只一種的原因，是因為這些子音跟不同母音在一起時，或於單詞裡當第一個字或第二個字等等，發音也變得不同。

※ 更多發音方面的解釋
　→ 請參考金玟志老師著作《一週學好韓語四十音》（瑞蘭出版）這本書。

收尾音

代表音	發 音 重 點
ㄱ	急促短音，嘴巴不能閉起來，用喉嚨的力量把聲音發出。
	例子：閩南語「殼」 → 각（ㄎㄚㄍ）
	屬於它的收尾音：ㄱ ㅋ ㄲ ㄳ ㄺ
ㄴ	唸完字之後，舌頭還要留在上排牙齒的後面，輕輕的發聲。
	例子：國語「安」 → 안（ㄚㄴ）＝（ㄢ）
	屬於它的收尾音：ㄴ ㄵ ㄶ
ㄷ	唸完字之後，舌頭還要留在上排牙齒的後面，用力的發聲。
	例子：閩南語「踢」 → 닫（ㄊㄚㄷ）
	屬於它的收尾音：ㄷ ㅅ ㅈ ㅊ ㅌ ㅎ ㅆ
ㄹ	像英文的L音一樣，要將舌頭翹起來。
	例子：國語「哪兒」的「兒」發 ㄦ 的音 → 얼（ㄜㄹ）
	屬於它的收尾音：ㄹ ㄼ ㄽ ㄾ ㅀ
ㅁ	將嘴巴輕輕的閉起來。
	例子：閩南語「貪」 → 탐（ㄊㄚㅁ）
	屬於它的收尾音：ㅁ ㄻ
ㅂ	將嘴巴用力的閉起來。
	例子：閩南語「合」 → 합（ㄏㄚㅂ）
	屬於它的收尾音：ㅂ ㅍ ㅄ ㄿ
ㅇ	用鼻音，嘴巴不能閉起來，像加英文「～ng」的發音。
	例子：國語「央」 → 양（ㄧㄚㅇ）＝（ㄧㄤ）
	屬於它的收尾音：ㅇ

韓語字母表

韓語結構1

母音 子音	ㅏ	ㅑ	ㅓ	ㅕ	ㅗ	ㅛ	ㅜ	ㅠ	ㅡ	ㅣ
ㄱ	가	갸	거	겨	고	교	구	규	그	기
ㄴ	나	냐	너	녀	노	뇨	누	뉴	느	니
ㄷ	다	댜	더	뎌	도	됴	두	듀	드	디
ㄹ	라	랴	러	려	로	료	루	류	르	리
ㅁ	마	먀	머	며	모	묘	무	뮤	므	미
ㅂ	바	뱌	버	벼	보	뵤	부	뷰	브	비
ㅅ	사	샤	서	셔	소	쇼	수	슈	스	시
ㅇ	아	야	어	여	오	요	우	유	으	이
ㅈ	자	쟈	저	져	조	죠	주	쥬	즈	지
ㅊ	차	챠	처	쳐	초	쵸	추	츄	츠	치
ㅋ	카	캬	커	켜	코	쿄	쿠	큐	크	키
ㅌ	타	탸	터	텨	토	툐	투	튜	트	티
ㅍ	파	퍄	퍼	펴	포	표	푸	퓨	프	피
ㅎ	하	햐	허	혀	호	효	후	휴	흐	히

韓語結構2

收尾音 結構1	ㄱ	ㄴ	ㄷ	ㄹ	ㅁ	ㅂ	ㅇ
가	각	간	갇	갈	감	갑	강
나	낙	난	낟	날	남	납	낭
다	닥	단	닫	달	담	답	당
라	락	란	랃	랄	람	랍	랑
마	막	만	맏	말	맘	맙	망
바	박	반	받	발	밤	밥	방
사	삭	산	삳	살	삼	삽	상
아	악	안	앋	알	암	압	앙
자	작	잔	잗	잘	잠	잡	장
차	착	찬	찯	찰	참	찹	창
카	칵	칸	칻	칼	캄	캅	캉
타	탁	탄	탇	탈	탐	탑	탕
파	팍	판	팓	팔	팜	팝	팡
하	학	한	핟	할	함	합	항

本書句型索引

P.062 含 税 是三十萬元。

服務費 / 使用網路費 / 電話費 / 洗衣費 / 冰箱裡飲料的價錢

STEP 5. 用餐篇

P.068 我喜歡 A / B 。

韓國菜 / 中國菜 / 辣的食物 / 石鍋拌飯 / 韓式碳烤烤肉 / 辣炒年糕

P.070 這家人參雞湯 有名 。

好吃 / 人氣旺 / 最棒 / 一級、一流 / 好得不得了

P.072 給我 一（個） 石鍋拌飯。

二（個）/ 三（個）/ 四（個）/ 一人份 / 二人份 / A套餐

P.074 麻煩不要放 A / B ，好嗎？

芝麻葉 / 薑 / 蒜 / 肉 / 辣椒 / 蔥

P.076 我點的是 摩卡咖啡 。

紅茶 / 起士蛋糕 / 鬆餅 / 三明治 / 剉冰 / 冰淇淋

P.078 有點 辣 。

甜 / 酸 / 苦 / 鹹 / 淡 / 油膩 / 好吃 / 不好吃

P.080 湯頭非常濃郁 很好吃耶。（或「喝」也可以）

酸酸甜甜地 / 脆脆地 / QQ地 / 入口即化 / 肉很嫩 / 味道清爽

P.082 還是 五花肉 搭配 燒酒 最棒。

炸雞 / 啤酒 / 海鮮煎餅 / 小米酒 / 中國料理 / 高粱酒

P.084 吃 慢一點 。（或「喝」也可以）

吃 快一點 。/ 再 吃。/ 多 吃一點。/ 少 吃一點。/ 吃 一點點 。/
小心 一點吃。

P.086 今天由我來 買單 （→請客）。

付錢 / 招待 / 請一頓飯 / 作東 ※各付各的

STEP 8. 緊急情況篇

國家圖書館出版品預行編目資料

玩韓國，帶這本就夠了！ / 金玟志 著
--初版--臺北市：瑞蘭國際，2010.02
192面；17 x 23公分 --（繽紛外語系列；06）
ISBN：978-986-6567-35-3（平裝附光碟片）
1.韓語 2.旅遊 3.會話

803.288　　　　　　　　　　98021382

繽紛外語系列 06

作者｜金玟志・責任編輯｜呂依臻、王愿琦、こんどうともこ

韓語錄音｜高多瑛、金爀秀・錄音室｜不凡數位錄音室
封面設計｜張芝瑜・排版｜帛格有限公司・美術插畫｜吳孟珊
校對｜金玟志、呂依臻、王愿琦、こんどうともこ・印務｜王彥萍

董事長｜張暖彗・社長｜王愿琦・總編輯｜こんどうともこ・主編｜呂依臻
編輯｜葉仲芸・美術編輯｜張芝瑜・企畫部主任｜王彥萍・網路行銷、客服｜楊米琪

出版社｜瑞蘭國際有限公司・地址｜台北市大安區安和路一段104號7樓之1
電話｜(02)2700-4625・傳真｜(02)2700-4622・訂購專線｜(02)2700-4625
劃撥帳號｜19914152 瑞蘭國際有限公司

總經銷｜聯合發行股份有限公司・電話｜(02)2917-8022、2917-8042
傳真｜(02)2915-6275、2915-7212・印刷｜宗祐印刷有限公司
出版日期｜2010年02月初版1刷・定價｜320元・ISBN｜9789866567353
　　　　　2011年07月初版4刷

瑞蘭國際